ULLSTEIN

Das Buch

Der Berliner Anabolika-Markt ist in fester Hand, als sich eine Gruppe von Händlern anschickt, die Claims neu zu verteilen. Sportstudios und Fitneß-Center wie das des Geschäftsmannes Schellkowski sind längst zum lukrativen Umschlagplatz für Aufbaumittel aller Art geworden. Aber Schellkowski steckt in der finanziellen Klemme. Um sich zu sanieren, ist er zu allem bereit. Selbst Schüler werden für seine Ziele eingespannt. Auch die Aikido-Schule der Ordensschwester und Lehrerin Vera Veltheim gerät ins Visier der Dealer. Deren Methoden sind brutal. Während einer Schulfete wird ein Jugendlicher erstochen.

Der Autor

Der studierte Japanologe und Arno-Schmidt-Stipendiat Jürgen Ebertowski, geb. 1949, hat neben seiner Tätigkeit als Dozent für Kampfsport an der Hochschule der Künste zu Berlin mehrere Kriminalromane verfaßt.

In unserem Hause sind von Jürgen Ebertowski bereits erschienen:

Berlin Oranienplatz
Esbeck und Mondrian
Kelim-Connection
Maltagold
Unter den Linden Nummer Eins

Jürgen Ebertowski

Aikido Speed

Kriminalroman

Ullstein

Alle Ereignisse und Figuren in diesem Roman sind frei erfunden. Ähnlichkeiten mit lebenden oder verstorbenen Personen, existierenden Firmen oder realen Begebenheiten wären rein zufällig und nicht beabsichtigt.

Für Tilli

Der Ullstein Taschenbuchverlag ist ein Unternehmen der
Econ Ullstein List Verlag GmbH & Co. KG, München
Lizenzausgabe mit freundlicher Genehmigung der
Schwarzkopf & Schwarzkopf Verlag GmbH, Berlin
1. Auflage 2001

Umschlagkonzept: Lohmüller Werbeagentur GmbH & Co. KG, Berlin
Umschlaggestaltung: Init GmbH, Bielefeld
Titelabbildung: Bilderberg, Hamburg
Gesetzt aus der Sabon, Linotype
Satz: Josefine Urban – KompetenzCenter, Düsseldorf
Druck und Bindearbeiten: Elsnerdruck, Berlin
Printed in Germany
ISBN 3-548-25057-2

Vorspiel

Ein Maimorgen, wolkenverhangen und naßkalt, und der Wetterbericht verspricht nur wenig Besserung. Den Leuten auf der Straße steht die Freude über den angeblichen Wonnemonat ins Gesicht geschrieben. Diejenigen, die Bus oder Bahn fahren, halten Zeitungen mit deprimierenden Titelseiten in den Händen: *Droht neue Eiszeit? Anschwimmen in den Freibädern verschoben!*

Im Berliner Norden fällt dichter Schneeregen auf eine schmutzige Flachdachhalle, die wie ein Fremdkörper in dem als grün gepriesenen Stadtteil Hermsdorf wirkt; Zweckbauten dieser Machart vermutet man eher in Gewerbegebieten längs der Stadtautobahn, nicht aber inmitten einer parkähnlichen Anlage am Waidmannsluster Damm. Die einzige Auflockerung in der glatten Hallenfassade sind Partien aus milchigem Glasbaustein und ein Band Oberlichter. Ein ausgetretener Kiesweg führt auf eine schwere, zweiflüglige Metalltür zu; sie erfüllt vermutlich alle nur denkbaren Anforderungen der Baupolizei und der Feuerwehr. Innen bedecken blaßgrüne Plastikmatten den Hallenboden, die leichten Schweißgeruch verströmen.

Mehrere der Kippfenster stehen offen, dennoch ist die Luft stickig. Braune Schlieren auf dem geriffelten Plastik zeugen von hastigen Versuchen, Blutspuren zu beseitigen. Durch die Glasbausteine sickerndes, mattes Tageslicht mischt sich mit dem Neon der Deckenleuchten. An der Stirnwand der Halle hängt eine runde Uhr, wie man sie in Wartesälen von Ämtern oder Bahnhöfen findet. Der Minutenzeiger muß noch ein-, zweimal rucken, um die volle Stunde anzuzeigen. In der Mattenmitte kniet eine Frau im Fersensitz. Sie trägt einen dunklen, bauschigen Faltenrock und eine beige Jacke. Es kann keine ganz junge Frau mehr sein, denn die Haare, im Nacken zu einem Knoten zusammengesteckt, haben bereits einen silbergrauen Schimmer. Das diffuse Licht läßt ihr Gesicht wächsern erscheinen. Langsam nähert sich von der Seite ein Mann, der beidhändig einen Baseballschläger umklammert. Der Stundenzeiger steht auf der Neun, der Minutenzeiger hat die Zwölf erreicht. Irgendwo schrillt eine Klingel. Gegenüber der Wand mit der Bahnhofsuhr hocken weißgekleidete Gestalten dicht an dicht und beobachten reglos, einige mit Schweißperlen auf der Stirn, wie der Mann zum Sprung ansetzt, mit dem Schläger weit ausholt und dabei unmißverständlich auf den Kopf der Frau zielt. Als er kraftvoll nach unten drischt, dreht sich die Frau ohne aufzustehen auf dem linken Knie aus der Schlaglinie. Sie ergreift die Unterarme des Mannes und verlängert die Abwärtsbewegung energisch Richtung Boden. Der Schwung zwingt den Angreifer in einen Vorwärtssalto. Klatschend fällt er vor der Frau auf den Rükken, eine Hand hält noch den Baseballschläger. Die Frau entwindet ihm das Schlagholz durch eine scharfe Drehung des Handgelenks und erhebt sich. Jetzt sieht man, daß sie keinen Rock, sondern eine weitgeschnittene schwarze Hose trägt. Sie blickt zur Uhr.

»Schluß für heute, es ist Zeit«, sagt sie und gibt dem Mann den Baseballschläger zurück. »Danke, Robert!«

»Danke, Sensei!« Robert geht zum Mattenrand zu den anderen, reiht sich ein. Die Frau setzt sich wieder ins Zentrum und mustert die verschwitzten Gestalten: alles junge Gesichter. Rechts sitzen die mit dem braunen, in der Mitte die mit dem grünen Gurt und links, immer noch nach Luft ringend, denn das Training war für sie anstrengender als für die routinierten Fortgeschrittenen, die Weißgurte, die Anfänger. Der Blick der Frau verweilt fragend auf ihnen. Geräuschlos gleitet ein Mädchen mit Weißgurt vom Schneider- in den Fersensitz.

Am Anfang der Reihe zieht Robert den Knoten seines Braungurts fest und streicht seine Aikidojacke glatt. Er schließt die Augen. Langsam beruhigen sich auch die Atemzüge der Neuen. Die große Halle wird still.

Erstes Kapitel

1

Obwohl Vera Veltheim die Wagenheizung eingeschaltet und das Lüftergebläse auf Stufe zwei gestellt hatte, überkam sie beim Anblick der nassen Straßen ein Frösteln, das mit den Anstrengungen des Trainings nicht zu erklären war. Vera Veltheim beschleunigte behutsam, dann mußte sie lächeln. Das Wetter war eines der wenigen Dinge, für die man die Bundesregierung nicht verantwortlich machen konnte, und wenn man die mißmutigen Politikergesichter im Fernsehen sah, wußte man, daß auch sie nicht bei der Sache waren und weder an die Pflegeversicherung dachten noch an den Lauschangriff, sondern an Malta oder Lanzarote. Irgendwo auf der Welt sollte es angeblich Sonne geben. Worum genau es sich dabei handelte, geriet allmählich in Vergessenheit.

Vera Veltheim, Ordensschwester der Steinverderinnen, lenkte ihren Saab mit einem Schwung in den Hof des Gemeindehauses, daß jeder Mann erblaßt wäre. Autofahren war eine ihrer Leidenschaften, und sie brauchte keine blöden Sprüche auf das Wagenheck zu kleben, um zu beweisen, daß Frauen die besseren Kraftfahrer waren. Der rasante Fahrstil von Ordensschwestern war allerdings sprichwörtlich. Schwester Vera stieg hinaus in den Regen, schnappte sich vom Rücksitz ihre Sporttasche und schloß die Tür. Wie immer warf sie einen Blick hinauf zu den Fenstern ihrer Wohnung. Nicht nur diese, sondern alle Fenster in der hofseitigen Häuserfront waren dunkel.

Im Treppenflur wischte Schwester Vera ein paar Regentropfen von ihrer Kluft. Auch in ihrer Freizeit bevorzugte sie die marineblaue Tracht der evangelischen Stiftsdamen; der Orden der Steinverderinnen hatte schon zu Beginn des Jahrhunderts das Habit durch kostümähnliche Uniformen ersetzt, die entfernt an die Heilsarmee erinnern, und anstelle des Nonnenschleiers war eine Haube getreten, ähnlich wie sie Diakonissen tragen. Die fast militärische Strenge dieser Kleidung wurde bei Schwester Vera dadurch abgemildert, daß sie eher stämmig als hager war und daß sie viel und gerne lachte.

In ihrem Postkasten fand Vera drei Briefe. Die Behörde, die am meisten von der Parkplatznot in Berlin profitierte, hatte ihr geschrieben und forderte eine Spende für ihr chronisch defizitäres Haushaltssäckel; Schwester Vera verfocht die Straßenverkehrsordnung mit gleicher Inbrunst wie die zehn Gebote, aber manchmal war es unmöglich, das eine ebenso einzuhalten wie das andere, was auch ein Polizeiobermeister Krüger bezeugte. Der zweite Brief, den Schwester Vera, nachdem sie sich ihre Tasche über die Schulter gehängt hatte, noch auf der Treppe öffnete, war eine Einladung des bischöflichen Amtes. Alle Mitarbeiter, die im Schuldienst tätig waren, wurden gebeten, sich zu einer Diskussion einzufinden, die unter dem Thema *Braucht die Jugend noch die Kirche?* stehen sollte. Schwester Vera stopfte das Schreiben zu ihren Sportsachen. Eine solche Diskussion schmeckte ihr zu sehr nach einem hilflosen Versuch, dem Mitgliederschwund der Kirche zu begegnen, indem man sich auf die Jugend warf. Auch Bischof Remter war als Redner angekündigt. Er würde sein altes Thema *Zeitgemäßes christliches Zeugnisablegen* zelebrieren, auf das ihn auch Vera einst gebracht hatte.

Als sie sich nach langer Missionszeit in Japan um eine Studienratsstelle für Deutsch und Religion am Martin-Luther-Gymnasium in Berlin-Hermsdorf beworben hatte, war sie Bischof Remter zum erstenmal begegnet. Wahrscheinlich hatte er damals der kleinen Ordensschwester nicht sonderlich viel Durchsetzungsvermögen zugetraut, denn immerhin hielt er es für geraten, sie auf die Zustände einzustimmen, die an manchen Schulen herrschten. Schwester Vera erinnerte sich noch immer und sehr genau seiner Worte.

»Bitte, verstehen Sie mich nicht falsch, Schwester«, hatte er gesagt, sich über seinen Schreibtisch ein wenig zu ihr vorbeugend, »Sie kommen gerade aus Japan, wie ich Ihren Unterlagen entnehmen kann. Aus Kamakura, richtig? Und wenn Sie nun ein Lehramt ausfüllen wollen, Schwester, muß ich Ihnen fairerweise in aller Deutlichkeit sagen: Berlin ist keine japanische Kleinstadt. Der Bezirk Reinickendorf ist zwar nicht mit Kreuzberg oder Neukölln vergleichbar, aber selbst an einer Schule wie dem MLG haben wir genug Probleme und Sorgenkinder. Ein Schüler aus der Mittelstufe beispielsweise fungiert in der Polizeistatistik als der erfolgreichste Automarder von Nordberlin seit 1960.«

Schwester Vera hatte sich ein Schmunzeln nicht verkneifen können und dem Bischof fest in die Augen geschaut.

»Lieber Bischof«, hatte sie entgegnet, »ich bin mir sicher, solche Probleme im Bedarfsfall gut in den Griff zu bekommen.«

Bischof Remter hatte sie nur irritiert und skeptisch angeschaut. Die Stelle hatte sie erhalten.

Schwester Vera öffnete die Tür zu ihrer kleinen Wohnung, machte Licht und stellte die Tasche in der Diele ab. Nach vierzehn Tagen schon hatte der Bischof begriffen, was sie gemeint hatte. Nicht nur ihn, sondern auch alle Kollegen und Schüler hatte Vera verblüfft, als sie in einer großen Pause das Anschlagbrett im Schulflur mit einem Zettel bestückte, der für einige Aufregung sorgte. Vera Veltheim war Religionslehrerin und Ordensschwester, und offenbar waren alle der Überzeugung, sie würde ihr Leben damit verbringen, die

Bibel auswendig zu lernen. Was sie den Schülerinnen und Schülern der Oberstufe anbot, waren aber keine Kurse in christlichem Meditieren, sondern in Aikido. *Aggressionsfreie Selbstverteidigung,* hatte sie geschrieben. Aggressionen traute man ihr ohnehin nicht zu, aber auch die Beherrschung einer Kampfsportart war bei einer Frau wie ihr zweifelhaft. Daß sie obendrein noch behauptete, in Tokio den vierten Dan erworben zu haben, schlug dem Faß den Boden aus. Der Zulauf zur ersten Trainingsstunde war enorm, aber natürlich hatte Vera vor allem die Neugierigen auf den Plan gerufen, die zusehen wollten, wie sie sich auf der Bodenmatte alle Knochen brach.

Von den Schülern der ersten Stunde hatten die wenigsten durchgehalten, aber dafür kamen neue, ernsthaftere, die über die Fallübungen hinaus dabeiblieben. Die Aikido-AG wurde *der* Erfolg und lief in kürzester Zeit allen anderen Arbeitsgemeinschaften den Rang ab. Schwester Vera thronte unumstritten nicht nur im Zentrum der Matte, sondern auch in der Aufmerksamkeit der Pennäler. Hinter vorgehaltener Hand hatten sie die neue Deutsch- und Religionslehrerin anfangs nur die rundliche Nonne genannt, was wie alles geheim Besprochene schneller die Runde gemacht hatte als laut Verkündetes. Vera hatte die Anspielung auf ihren Körper mit Würde ertragen, und nachdem sie die Schüler nicht nur mit ihrer Bibelfestigkeit beindruckte, sondern vor allem mit ihrer Schlagfertigkeit in der fernöstlichen Kampfkunst des Aikido, war aus der rundlichen die starke Nonne geworden. Und dabei war es geblieben.

Schwester Vera setzte sich, um zu entspannen, im Seizasitz auf den Teppich. Der Abend würde noch lang werden, ein Riesenstapel von Aufsätzen harrte ihres Rotstifts. Und dann war da der dritte Brief, den sie noch nicht einmal geöffnet hatte. Er stammte aus Kamakura, Pastor Tadayama war der

Absender, aber er würde deshalb keinesfalls religiösen Inhalts sein. Tadayama gehörte wie Bischof Remter zu den aufgeklärten Funktionären der Amtskirche, die sogar in der Halbzeitpause vor tausenden Fußballfans darüber predigen würden, daß der innere Wert eines Menschen schwerer wog als die Marke seiner Turnschuhe. Was vergebliche Liebesmüh' sein würde, aber immerhin ein Schritt aus dem Mief der üblichen Sonntagsandachten hinaus.

Schwester Vera hielt die Augen ein paar Minuten lang geschlossen. Einen Brief von Tadayama mußte man nicht einfach lesen, man mußte ihn genießen. Er eignete sich daher vorzüglich als Nachtisch zu einem japanischen Abendessen, das Vera sich in Kürze zubereiten würde, und zu einem Becher heißem Genmai-Tee.

Vera hatte die ungeliebte Korrektur der Aufsätze vor sich her geschoben und noch nicht einen Blick auf sie geworfen, und trotzdem wußte sie bereits, daß sich die Hälfte von ihnen mit dem Aikido beschäftigen würden. Besonders ihr flüchtiger Fernsehruhm hatte diesem Thema zu einer Inflation verholfen; das halbstündige Porträt war zwar im dritten Programm ausgestrahlt worden und Vera hatte keine Werbung für sich gemacht, und dennoch war es am Folgetag das Tagesgespräch in den Klassenzimmern gewesen. Sogar Bischof Remter hatte sich mit Veras Fernsehauftritt im Hakama, der weiten Kimono-Hose der Samurai, dienstlich befassen müssen; er hatte die Sendung zwar nicht gesehen, war aber von konservativen Kollegen auf das öffentliche Schaukämpfen einer Dienerin des Herrn mit einem leicht rügenden Unterton angesprochen worden. Als Streiter für eine moderne Kirche hatte er den Spieß einfach umgedreht und sich mit einer Denkschrift über Kirche im Wandel in die Annalen der Berliner Kirchengeschichte eingeschrieben. Und damit nicht genug, hatte er dem Martin-Luther-Gymnasium die größte Judomatte des Bezirks spendiert. Veras Kritiker waren mit offenen Mündern verstummt.

2

Die Fete war in vollem Gange. Ein paar hundert junge Leute bevölkerten die Tanzfläche in der Aula und verwandelten den Saal in ein Farbenmeer. Es roch nach Schweiß, Haarfestiger und Deospray. Einige Mutlose hockten noch an den Tischen und warteten darauf, zum Tanzen aufgefordert zu werden. Gelegentlich warf der aufsichtführende Lehrer einen Blick in die Runde, dann verzog er sich wieder ins Lehrerzimmer. Niemand nahm ihn zur Kenntnis.

Ein Jugendlicher torkelte zwischen den Tänzern hindurch, schaute sich nach jemandem um. Ein Mann, der vom Rand auf ihn zuging, legte ihm eine Hand auf die Schulter. Der Mann konnte ebenfalls ein Pauker sein, aber auch als Ehemaliger würde er durchgehen. Der Junge drehte sich zu ihm um.

»Da biste ja, Alter«, lallte er, »hab schon auf dich jewartet, dachte schon, du kneifst.«

Der Mann zog den Betrunkenen in eine ruhige Ecke, wo er die Musik nicht überschreien mußte.

»Wo denkste denn hin, wir müssen uns doch einigen. Laß uns mal nach draußen, is zu laut hier, hab ooch wat zum Durchziehn mit.«

Der versprochene Joint weckte das Interesse des Jungen, und die beiden zwängten sich über das Tanzparkett zum Ausgang. Von dort liefen sie die zwei Stockwerke zum Hof hinunter.

»Wir machen's besser bei mir im Wagen.« Der Mann entriegelte die Beifahrertür des Mazda und ließ den Betrunkenen einsteigen. Der fiel in den Sitz und rülpste mehrmals.

»Sieh an, wieder die Reisschüssel. Dachte, du fährst so'n Renner.«

Der Mann langte unter das Armaturenbrett und drehte einen Zweiblatt-Joint.

»War die Kiste von meinem Ollen. Der is gerade in Spanien.«

Der Junge zog kräftig an der Tüte, dann lachte er trokken.

»Erzähl keinen Scheiß, is deiner«, behauptete er.

»Scheinst ja mehr über mich zu wissen als ick selber, aber wenn du meinst ...«

»Und die Luxusbude in Dahlem gehört Omi und Opi, nehm ick an.«

Du bist ja bestens unterrichtet, dachte der Mann, quake ruhig weiter.

»Na und, is ja wohl mein Problem.«

Der Betrunkene machte einen tiefen Lungenzug und blies dem Mann den Rauch ins Gesicht.

»Flohmarkt läuft ooch nicht schlecht, meinet Wissens.«

Der Mann schaute den Jungen einen Augenblick beunruhigt an. Offenbar hatte das kleine Arschloch ihm nachspioniert. Das würde ihm nicht gut bekommen.

»Wie soll ick'n det verstehn?«

»Tu doch nich so blöd«, die Stimme des Jungen klang deutlich nüchterner, »oder willste mir etwa erzählen, der Ollrich kooft Volkslieder bei dir oder der Diskjockey vom *Turnside* Blasmusik oder ...«

»Okay, okay, hab verstanden, bist'n heller Kopp, aber wat willst'n damit sagen?«

Du miese, kleine Ratte, dachte der Mann und tastete nach der Gesäßtasche.

Der betrunkene und mittlerweile auch bekiffte Schüler tätschelte dem Mann kameradschaftlich die Wange.

»Weeßte, Alter, ick turn jetzt fast fünf Monate für dich rum und reit immer noch 'n Mofa. Nächsten Monat werd ick achtzehn, Pappe hab ick schon jemacht. Muß wirklich nich gleich'n Alfa oder Porsche sein, Alter, verstehste? Wirklich nich.«

Die Drecksau will mich doch echt erpressen, dachte der Mann.

»Red ruhig Klartext!«

»Mach ick doch die janze Zeit, oder biste taub. Hör zu, Alter, du machst mit meiner Hilfe reichlichst Schotter und erzählst mir immer, wie teuer allet jeworden is, steigst aber inner Könichsallee in deinen Superschlitten um. Lederjacke läßte uff'm Rücksitz.«

Cool, ganz cool, sagte sich der Mann, laß ihn quatschen.

»Da dachte ick, vielleicht sollte ick mal höflich nachfragen, ob nich 'ne angemessene Beteiligung drin is, meinetwegen mit Mehrarbeit verbunden.«

Jetzt ist es raus, der Mann schaute sich auf dem Schulhof um, mal sehen, wie weit er geht.

»Du, is ehrlich eng bei mir im Augenblick.«

»Na sowat, mir kommen die Tränen, Alter.« Der Junge blies dem Mann erneut Rauch ins Gesicht. »Da kann ick dir nur raten, vertick doch deine Körperertüchtigungsanstalt, die scheint doch wenigstens jut zu flutschen.«

Der Mann zwang sich, mit unbeteiligter Miene einen neuen Joint zu drehen.

»Trauste dir zu, die Diskos zu beliefern?«

»Klar, Alter, keen Problem, von mir aus ab morgen.«

Der Schulhof war vollkommen zugeparkt, doch obwohl keine Menschenseele zu sehen war, traute der Mann dem Frieden nicht. Es war nicht auszuschließen, daß sich das eine oder andere Pärchen zum Turteln in einen der Wagen oder in eine dunkle Ecke zurückgezogen hatte und von dort beobachten konnte, was auf dem Hof vor sich ging. Der Mann mußte Zeit schinden.

»Gebongt«, sagte er, »komm Sonntag um zwölf an'n Stand.«

Der Junge nickte zufrieden.

»Na, mach ick doch einfach.«

Die beiden verließen den Mazda, den der Mann diesmal nicht verschloß, und gingen zurück in die Aula. Der Junge besorgte Büchsenbier. Ein paar Minuten tranken sie schweigend und beobachteten die Tanzenden, die alle mit sich selbst beschäftigt waren. Niemandem schien der Fremde aufzufallen, der sich mit einem Schüler an einem der Tische niedergelassen hatte. Trotzdem war der Mann nervös. Jederzeit konnte ein Schulkamerad des Jungen am Tisch auftauchen, sie mit neugierigen Fragen traktieren und das Vorhaben des Mannes zunichte machen.

Plötzlich stand der Junge auf.

»Ick geh ma pissen, Alter.«

»Ick muß ooch, wo is'n hier det Klo?« sagte der Mann sofort.

3

Schwester Vera hatte ihre Tasche ausgeleert, den Judoanzug in die Waschmaschine gestopft und noch einen weiteren Schwung Aufsätze zu den anderen auf den Schreibtisch gelegt, auf dem es so fatal nach einer Nachtschicht aussah, daß sie sich erst einmal in ihr Refugium zurückgezogen hatte, in die Küche. Sie war der erste Raum gewesen, den sie sich nach ihrer Einstellung in den Schuldienst komplett eingerichtet hatte und der noch immer selbst häufige Besucher irritierte. Daß Vera ohne Fernseher und Video leben konnte, nahm man ebenso für das Zeichen einer asketischen Lebensweise wie den Umstand, daß sie statt einer aufwendigen Stereoanlage nur ein bescheidenes Kofferradio besaß; solche merkwürdigen und fremden Geräte wie Nudelmaschine, Trüffelhobel oder Austernmesser standen allerdings in einem auffallenden Widerspruch dazu. Schwester Vera aß nicht nur gern, sie liebte auch die exotischen Gerichte, die exotisch allerdings nur für andere waren. Bereits als Novizin in Steinverder hatte sie oft in der Stiftsküche ausgeholfen und sich später in den Auslandsstationen der Missionsgesellschaft immer eingehend für die jeweilige lokale Kochkunst interessiert.

Zu ihrem Leidwesen kam Schwester Vera in Berlin nicht mehr so viel an den Herd wie noch in Japan, denn der Stundenplan am MLG und das häufige Aikido erlaubten es nur selten, zur Mittagszeit nach Hause zu fahren. Der unverhoffte Fernsehruhm hatte es möglich gemacht, die Sport-AG täglich anzubieten. Obwohl sich, wie beim Aikido üblich, die Fortgeschrittenen intensiv um die Neuen kümmerten, konnte Vera das Training nur gelegentlich einem anderen überlassen. Mittlerweile hatte sich der gute Ruf der Ausbildung nämlich an anderen Hermsdorfer Schulen, ja sogar in ganz Reinickendorf herumgesprochen, und ständig stießen neue Schüler hinzu, die angetan waren von den weichen, harmonisch fließenden Bewegungen der Aikidoka. Sie alle machten zwar schnell die Erfahrung, daß die Kampfkunst nicht im Schnellverfahren zu meistern war, blieben aber dennoch in der Regel dabei. Schwester Vera legte die Zutaten bereit, die sie für ihr hausgemachtes Sushi brauchte. Insbesondere im letzten Halbjahr hatten sich einige wirkliche Talente eingefunden, die ihr Licht nicht unter den Scheffel zu stellen brauchten und mit denen Schwester Vera beim bevorstehenden Sportfest des MLG zu wuchern gedachte, mit Hanna und Fred vom Abiturjahrgang etwa oder mit den

Zwillingen aus der Zehnten. Selbst die Aikidoka vom Christian College in Kamakura, die sich zu einem Besuch angesagt hatten, würden Augen machen, Pastor Tadayama allen voran. Besonders Fred hatte schnell gelernt. Was Kondition und Präzision beim Werfen betraf, trennte ihn von Robert und den anderen Schwarzgurtaspiranten zwar noch einiges, Freds Akrobatik beim Fallen indes war bühnenreif. Schwester Vera begann, den Reis zu waschen, den sie stets nur in einem von einer Japanerin und einem Deutschen betriebenen Fachgeschäft erwarb und der der beste Reis war, den man in Berlin zu kaufen bekam. Die Freude über Freds rasche Fortschritte war nicht ungetrübt; insbesondere während der letzten Tage hatte sich Vera häufig gezwungen gesehen, den Achtzehnjährigen zur Ordnung zu rufen. Mit einemmal ging ihm jedes Gefühl für seine Leistungsgrenzen ab, die man zwar immer weiter hinausschieben, aber doch nie überwinden konnte. Genau das aber schien der Junge vorzuhaben. Solches Draufgängertum hatte Vera noch nicht erlebt. Fred kannte keine Schmerzen mehr, scherte sich nicht um die Gefahr ernster Verletzungen. Vera-sensei schmeckte das ganz und gar nicht, aber weder gutes Zureden half noch die Drohung mit Maßregeln. Fred nickte zu allem und machte dann doch, was er wollte.

Schwester Vera nahm den Fisch aus dem Tiefkühlfach, der ihr als fangfrisch angepriesen worden war, und weil zum Sushi nun einmal fangfrischer Fisch gehörte, wollte sie es glauben.

4

Hausmeister Fenske war stinksauer. Nicht das Dröhnen des Techno aus den meterhohen Boxen in der Aula störte ihn, obwohl es auf dem gesamten Schulgelände so laut zu hören war, als stünde er direkt neben den Lautsprechern; daß es bei den Schuldiskotheken hoch her ging, mußte er wohl oder übel akzeptieren. Dennoch war es jedesmal dasselbe, was Fenske die Galle hochkommen ließ: Diese Bälger reicher oder zumindest wohlhabender Leute hielten sich einfach nicht an das, was ihnen die von Fenske überall aufgestellten Schilder verboten, und parkten ihre Schlitten kreuz und quer auf dem Schulhof. Fenske, ein eingefleischter Klassenkämpfer, hielt das für pure Angeberei. Er hatte sich die Kennzeichen notiert, begab sich mit seiner Liste in den Festsaal und nutzte eine Pause der Band, um sie den versammelten Parksündern vorzulesen.

»Meine sehr verehrten Damen und Herren«, zwang sich Fenske eine von leichter Ironie gefärbte Höflichkeit ab, »würden Sie bitte die Freundlichkeit besitzen und umgehend folgende Autos von der Feuerwehrauffahrt entfernen: Manta Berta-Ludwig Heinrich Eins Sechs Neun, BMW Berta-Anton Erich Sechsunddreißig Fünfundvierzig, Mercedes Benz Heinrich Heinrich-Konrad Sechs Eins Vier ...« Fenskes Liste war lang.

Die Antwort auf die Ordnungsliebe des Hausmeisters, die man ja eigentlich von ihm erwartete, war ein höhnisches Gelächter.

»Mein Auto heißt nicht Berta-Ludwig Heinrich, sondern Paul«, rief jemand in den Saal.

»Jawohl, Genosse Blockwart, zu Befehl!« rief ein anderer, nachdem Fenske mit seiner Rede fertig war. Ein paar der Ausgerufenen machten sich tatsächlich auf den Weg. Wenn sie an Fenske vorbeigingen, klimperten sie lässig mit den Wagenschlüsseln. Der Hausmeister haßte und verachtete gleichzeitig diese Kapitalistenbrut, die, kaum daß sie achtzehn war, schon Daimler und BMW fuhr, was sich andere nicht einmal nach zwei Jahrzehnten ehrlicher Arbeit leisten konnten. Diese Pennäler hingegen hatten sich nur ins gemachte Nest setzen müssen, das ihnen irgendwelche Zahnklempner oder Rechtsverdreher mit dem Geld eingerichtet hatten, um das sie das Finanzamt betrogen. Fenske gönnte zwar dem System keinen Mann und keine Maus und war daher kein überzeugter Steuerzahler, aber er konnte sich auch nicht dagegen wehren, daß die Schulbehörde, die ihm sein Gehalt anwies, gleich den Anteil einbehielt, den der Fiskus für sich reklamierte. Einen Lohnsteuerjahresausgleich hatte der Hausmeister noch nie vornehmen lassen, das war ihm viel zu kompliziert. Die Eltern der Bälger, die ihn ungestraft verhöhnen durften, waren in diesen Dingen natürlich raffinierte Gauner.

Als die Musik wieder einsetzte, floh Fenske fluchend aus der Aula. Seine Sozialisation, wie er es nannte, schließlich hatte auch er eine gewisse Bildung genossen, seine Sozialisation hatten Bob Dylan und Supertramp begleitet, echte Musik also und kein gleichförmiger Lärm. Auf den Gängen draußen fand der Hausmeister abermals einen Anlaß für seine Wut. Überall lagen Cola-Dosen, ein paar Bierbüchsen und zertretene Kippen herum; die Kapitalistenbrut hatte das Talent, noch mehr Unrat zu erzeugen als gewöhnliche Sterbliche. Und wenn sie gar nichts konnten, etwas wegwerfen, das konnten sie alle. Aber sie fanden ja auch immer einen Dummen, der ihnen den Dreck wegräumte. Fenske bückte sich vor einem Herrenklo im Treppenhaus nach leeren Bierbüchsen. Nach seiner Überzeugung stünde ihm dafür eine Schmutzzulage zu, aber kein Schulrat konnte sich vorstellen, daß die an einem Gymnasium nötig war. Im Klo rauschte ununterbrochen die Spülung.

»Mistvolk, kotzen einem wieder alles durch die Gegend«, beschimpfte Fenske die lehmfarbene Toilettentür. Die Spülung ließ sich davon nicht beeindrucken, das Rauschen hörte nicht auf.

»He, jetzt reicht's aber.« Fenske betrat den Vorraum mit den Waschbecken und Spiegeln, in denen sich die eitlen Herrschaften immer mit besonderer Hingabe betrachteten. Eine Klotür stand halb offen. »Haste nich mitjekricht?« Wütend kickte er mit der Schuhspitze die Tür weiter auf.

Der Anblick, der sich ihm bot, verwandelte den sonst leicht reizbaren Hausmeister in eine Salzsäule.

5

Schwester Veras spätes Dinner war beendet. Sie hatte sich viel Zeit gelassen mit dem Essen, und trotzdem, wie immer waren die Mahlzeiten schneller vertilgt als zubereitet. Vera hatte schon immer Mitleid gehabt mit den Hausfrauen, die einen halben Tag am Herd verbrachten und etwas zusammenbrauten, das Mann und Sohn in zehn Minuten hinunterschlangen, um sich dann mit vollem Bauch auf die faule Haut zu legen, während Mutter noch den Abwasch erledigte. Eine derartige Ungerechtigkeit mußte Vera sich nicht gefallen lassen; sie hatte nur eine Person zu bekochen, und das war sie selbst.

Schwester Vera nahm einen Schluck vom heißen Sake. Zwei Becher würde sie sich gönnen, dann war sie gelassen genug, um die Aufsätze in einem Ritt abzuarbeiten. Zuvor allerdings würde sie, ihrem Plan gemäß, den Brief aus Kamakura lesen und gleich eine Antwort aufsetzen, eine Antwort offizieller Natur, die keinen Aufschub duldete; der Aikidoklub des Christian College bedurfte noch einer Einladung von seiten des MLG, um reisen zu können. Vorsorglich hatte Schwester Vera aus dem Sekretariat mehrere Bögen Papier mitgenommen, das im Kopf den Stempel des Gymnasiums trug. Vera setzte sich an ihren Schreibtisch.

Zum Aikido war Vera eigentlich durch einen Zufall gekommen. Annähernd ein Jahrzehnt lag das nun zurück. Noch während ihrer Einarbeitungszeit am christlichen College in Kamakura war sie eines Morgens im Lehrerzimmer von einem japanischen Kollegen angesprochen und wie zu einer Verschwörung beiseite genommen worden. Nicht einmal den Namen dieses Kollegen hatte sie gekannt. Er hatte sich als Pastor Tadayama vorgestellt und sie gebeten, ausnahmsweise auch in seiner Klasse die Morgenandacht zu halten. Beim Aikido gestern habe er es an der rechten Aufmerksamkeit fehlen lassen und brauche dringend eine neue Sportbrille, der Optiker sei aber leider nur vormittags zu erreichen. Vera hatte nur Bahnhof verstanden. Sie hatte zugesagt, die Andacht zu halten, sich im Stillen jedoch gefragt, wie der ehrenwerte Doktor Tadayama zu seinem geschwollenen Auge gekommen war.

Tadayama hatte sich später verpflichtet gefühlt, ihr eine Erklärung zu liefern, wahrscheinlich weil er den Verdacht nicht auf sich sitzenlassen mochte, ein Pädagoge zu sein, der sich in seiner Freizeit prügelte.

»Es erscheint vielleicht paradox, Vera-san«, hatte er gesagt, »aber es gibt so etwas wie eine christliche Kriegskunst.«

Vera hatte ihn nur verständnislos angeschaut. Wahrscheinlich sah sie so bedeppert aus, daß der Pastor laut losgelacht hatte. Dann allerdings hatte er sich immer mehr in Fahrt geredet.

»Ueshiba Morihei, der Begründer dieser Kampfkunst, hat das Schriftzeichen ai von Harmonie bewußt durch das Zeichen ai von Liebe ersetzt. Der alte Meister hat einen Angreifer nie als Feind oder Gegner definiert, sondern stets als einen irregeleiteten Partner, der mit Güte zu der Einsicht gebracht werden soll, von seinem ungerechten Tun Abstand zu nehmen und sein negatives Handeln zu begreifen. Theoretisch ist es zumindest so.« Vorsichtig hatte Tadayama sein verletztes Auge betastet. »Der Aggressor wird überzeugt, indem man seine Aggression ins Leere und letztlich auf ihn selbst zurücklenkt.«

Vera hatte das ganz vernünftig gefunden, dem Pastor allerdings zu verstehen gegeben, daß man einen solchen Effekt auch durch Worte erreichen könne. Tadayama hielt diese Auffassung für typisch europäisch.

»Europäer reden, Japaner handeln«, hatte er gemeint. »Sie können übrigens jederzeit beim Training zuschauen, Vera-san. Morgen wäre es allerdings besonders informativ, wenn man noch nie Aikido gesehen hat, morgen kommt nämlich Kimura-sensei aus Tokio zu uns. Er ist einer der letzten persönlichen Schüler vom alten Meister Ueshiba. Kimura-sensei wird Ihnen bestimmt gefallen.«

Pastor Tadayama hatte recht gehabt. Am Tag nach Kimura-senseis Besuch hockte Vera das erste Mal auf den harten Reisstrohmatten eines Aikido-Dojos.

Schwester Vera glättete das Papier und griff nach dem Füllhalter. Obwohl das sicher für hoffnungslos rückständig galt, schrieb sie ihre Briefe immer noch von Hand.

»Lieber Tadayama-san ...«

Weiter kam sie nicht.

6

Oberkommissar Binder und zwei Beamte vom Abschnitt Nord waren noch vor der Polizeibereitschaft, die den Schulkomplex abriegeln sollte, am Tatort. Als Binder nach einer kurzen Besichtigung der Toilettenbox auf den Schulhof zurückkehren wollte, traf die Kripo ein. Den Ersten Hauptkommissar, der die Mordkommission anführte, kannte er, seinen Begleiter nicht. Offenbar war er bei Mord ein Neuling, denn er wirkte ausgesprochen blaß. Sein Chef hingegen war mit Leichen alt geworden, der würde seine Gemütsruhe höchstwahrscheinlich nicht einmal dann verlieren, wenn er knöcheltief im Blut watete.

Binder ging den beiden Beamten entgegen, als diese gerade die hilflosen Polizeimeister passierten, die das Treppenhaus absperrten oder es zumindest versuchten. Für ihn, den stellvertretenden Chef der Schutzpolizei in seinem Abschnitt, war der Anblick von auf unnatürliche Weise ums Leben Gekommenen zwar nichts Alltägliches, da er aber hier die Fäden in der Hand zu halten hatte, bis die Leute von der Polizeidirektion eintrafen, bezwang er seinen Ekel, offenbar aber nicht sehr überzeugend.

»Sie sehen nicht aus, als hätten Sie sich eben ein Lustspiel angeschaut«, meinte der Hauptkommissar herablassend.

Binder begrüßte die Kollegen mit Handschlag.

«'n Abend zusammen. Eure Spezialisten sind schon unterwegs, kam gerade durch.«

»Und?«

»Ich hab ihn nur kurz gesehen, weil ich mithelfen mußte, die Besoffenen aus dem Klo zu drängen. Scheint von hinten erstochen worden zu sein.« Binder trat als erster in den Toilettenvorraum.

»Kripo Flottenstraße informiert?« erkundigte sich der Hauptkommissar.

Binder nickte.

»Können Sie zurückpfeifen. Erstochen ist unser Bier.«

Binder nickte abermals.

»Der Hausmeister meint, es handelt sich um einen Schüler aus der Oberstufe, kann es aber nicht beschwören, weil die

Haare das Gesicht verdecken«, erklärte er. »Angefaßt hat er ihn nicht, behauptet er jedenfalls. Heißt Fenske oder so, der Hausmeister, meine ich, so einer mit Vollbart und Latzhose.«

»Mit F oder mit V?« Der Mann vom Mordkommissariat stellte sich vor die Klotür, die jemand zugezogen hatte. Binder wußte es nicht, aber es schien den Hauptkommissar nicht sonderlich zu interessieren. »Na, dann wollen wir mal«, ermunterte er sich selbst und seinen Kollegen. »Erst der EKHK, dann der Rest der Truppe.«

Der Mann, der sich selbst mit der Abkürzung seines Dienstranges Erster Kriminalhauptkommissar bezeichnet hatte, ließ sich von seinem Begleiter aus dem Koffer, den er bei sich führte, ein Paar Gummihandschuhe reichen. Das war seine vorläufig letzte Amtshandlung, denn inzwischen war es einem betrunkenen Schüler gelungen, die immer noch aus lediglich zwei Polizeimeistern bestehende Absperrkette zu durchbrechen.

»Bullen, Bullenschweine!« brüllte das schmächtige Bürschchen, als es in der Tür erschien.

»Kein herzlicher Empfang«, sagte der Hauptkommissar bloß, hielt aber in seiner Bewegung inne.

Der Schüler fixierte die Beamten, die fixierten ihn. Plötzlich stürzte er los. Er warf sich auf den zweiten Kripomann, schlug und trat dabei wild um sich. Der Beamte war derart verblüfft, daß er zu spät abwehrte. Der Fußtritt ging daneben, aber ein Fauststoß traf ihn in der Magengegend.

Der Angreifer sprang zurück und dann auf Thomas Binder und den Kommissariatsleiter zu, die ihrem Kollegen zu Hilfe eilen wollten. »Scheißbullen!« rief er abermals. Er legte alle Wucht in einen geraden Tritt, der, hätte er getroffen, aus Binders Geschlechtsteilen unzweifelhaft Rührei gemacht hätte. Oberkommissar Binder reagierte schnell. Er drehte sich schwungvoll zur Seite, und der tennisbeschuhte Fuß traf nicht ihn, sondern die solide gekachelte Wand. Trotzdem wollte der Berserker nicht aufgeben. Mit schmerzverzerrtem Gesicht wandte er sich um. »Bullenschweine!«

Oberkommissar Binder verabreichte ihm eine Ohrfeige, deren Wucht den Rasenden geradewegs in die Arme des Beamten beförderte, der sich von seinem Magenschlag erholt hatte und den Angreifer mit einem Fußfeger unsanft zu Fall brachte. Selbst in Handschellen auf dem Bauch liegend, versuchte der Schüler noch, Tritte zu verteilen. Ein Hosengürtel machte ihn vollkommen handlungsunfähig. Nur sein Mundwerk konnte er noch bewegen.

»Bullenschweine! Bullenschweine!« Die Tiraden nahmen kein Ende. Erst als die Beamten von der Einsatzbereitschaft auf dem Treppenabsatz vor den Toiletten erschienen, verstummte der Junge angesichts dieser uniformierten Übermacht.

»Verrückte Hühner laufen hier herum«, meinte der Hauptkommissar kopfschüttelnd und streifte sich endlich die Handschuhe über die Finger. »Wer weiß, was die alles im Blut haben.«

»Bier, Kiff oder sonst was«, vermutete Binder. »Wir könnten eine Anzeige wegen des tätlichen Angriffs aufnehmen«, schlug er vor.

»Das ist mir zu klein«, sagte der Hauptkommissar, der zu seiner Leiche wollte.

Binder schleifte den Jungen aus dem Vorraum und vertraute ihn der Einsatzbereitschaft an.

»Schafft mir den ganz weit weg!«

Der Befehl wurde umgehend ausgeführt. Die Art und Weise, wie das geschah, war für die Öffentlichkeit nicht vorgesehen.

7

Schwester Vera war in Gedanken beim ersten Satz für Tadayama, als an ihrer Tür Sturm geklingelt wurde. Da Vera keinen Besuch erwartete, ließ sie der Nachdruck, mit der sich jemand zu ihrer Wohnung im Schwesternheim Einlaß verschaffen wollte, sofort an ein Unglück denken. Draußen auf dem Treppenabsatz stand Robert aus der Aikidogruppe. Sein Atem ging schwer.

»Robert?«

»Schwester, Schwester«, stammelte der Junge.

»Mein Gott.« Vera hatte ihren Schüler noch nie so gesehen. Vielleicht hatte er Liebeskummer und brauchte dringend ihren Rat, vielleicht hatte er etwas angestellt, was sie sich bei Robert allerdings nicht vorstellen konnte. »Komm erst mal rein.«

Robert ließ sich in einen Sessel fallen. Seine Hände zitterten, sein Blick war unstet.

»Mensch, Robert, was ist denn passiert?«

»Bei der Schuldisko. In der Aula. Da ...«

»Ja?« Vera legte dem Jungen eine Hand auf die Schulter. Also steckte doch ein Mädchen hinter seiner Aufregung, und wenn es um die Liebe ging, konnte selbst der Sanfteste ausrasten. Womöglich hatte Robert seine Kampfsportkenntnisse gegen einen Widersacher mißbraucht und kam nun reumütig zu ihr.

»Irgend jemand, ich kenne den gar nicht, ich meine, mit Namen, bloß vom Sehen, jemand aus der Oberstufe, also, der ist im Schulklo umgebracht worden.«

Nun war es heraus. Das Zittern hatte Roberts ganzen Körper erfaßt. Vera war sprachlos. Sie begriff nicht, was dahintersteckte, was Robert beabsichtigte, indem er ihr diese Geschichte auftischte. Mit solchen Dingen scherzte man doch nicht und trieb man keinen Schindluder. Daß an ihrer Schule ein Schüler umgebracht worden war, konnte sich Vera nicht vorstellen. Roberts Verhalten sprach jedoch gegen ihre Vermutung, daß er sie belog. Wahrscheinlich fand alles eine harmlose Erklärung. Vera ging in die Küche, öffnete das Fenster und dachte nach. Natürlich, Robert hatte einen Konkurrenten um die Gunst eines Mädchen auf dem Klo zusammengeschlagen, der andere war bewußtlos liegengeblieben, und nun meinte Robert, ihn getötet zu haben. So mußte es gewesen sein. Schwester Vera nahm die Sakeflasche aus dem Küchenschrank und trug sie hinüber in ihr Wohn- und Arbeitszimmer, wo sie zwei Schälchen mit dem Reiswein füllte. Robert hatte sich zumindest äußerlich etwas beruhigt. Er hockte verkrümmt in dem Sessel und starrte vor sich hin.

»An unserer Schule«, sagte er hilflos. »Nicht irgendwo an einer Hauptschule in Kreuzberg, nein, an unserer Schule.«

Vera reichte ihm das Schälchen.

»Nun erzähle, bitte.«

»Ich hab das zwar nur am Rande mitgekriegt«, begann der Junge. »Ich bin ja eigentlich kein ausgesprochener Diskogänger, aber heute, ich meine, man kann sich ja nicht immer von den anderen fernhalten, stimmt's?« Vera nickte. »Ich tanze nicht besonders gut, also stehe ich meistens am Rand und gucke zu. Ja, da hab ich dann diesen Typen gesehen, den aus der Zwölf B. Glaub jedenfalls, daß er aus der Zwölf B ist. Der war ziemlich betrunken oder auch anders bedröhnt, keine Ahnung. Dann kam Fenske, weil der mal wieder seine Durchsage machte, wegen falsch geparkter Wagen, wissen Sie? Den Typen aus der Zwölften hab ich nicht wiedergesehen, hab aber auch nicht drauf geachtet. Dann kamen die Bullen. Die Polizei, meine ich. Ich hab's aus dem Fenster gesehen. Erst ein Streifenwagen, dann noch einer, dann kamen die Zivilen. Einer hat dann die Disko beendet. Wegen eines

Vorfalls, wie er sagte. Behauptete sogar, mal am MLG gewesen zu sein.«

»Thomas Binder«, sagte Vera.

»Wie? Ja, kann sein. Die Disko war zu Ende, aber nach Hause durften wir nicht. Die Polizisten haben von allen die Personalien aufgenommen. Und ein paar aus der Klasse von diesem Besoffenen haben mitgekriegt, was los war. Das war dann sofort 'rum.«

»Und wie, wie wurde er getötet?«

Robert zuckte die Schultern.

»Und als du weggehen konntest, da war die Polizei noch da?«

»Ja.«

»Fahren wir hin?«

Robert schüttelte den Kopf.

»Ich kann das nicht«, sagte er. »Ich kann gar nichts mehr. Darf ich hier auf Sie warten?«

Vera war einverstanden.

Die Polizei hatte das Schulgelände mehr als großzügig abgesperrt. Vera verstand nichts von der Polizeiarbeit, ihr war deshalb nicht klar, warum man Hunde auf dem Schulhof herumschnüffeln ließ, wenn das Verbrechen auf der Schultoilette geschehen war. Außerdem schien es ihr, als wäre die gesamte Berliner Polizei auf den Beinen. Schwester Vera stellte ihren Saab auf dem Gehweg ab, keine zehn Schritte von einem Uniformierten entfernt, der wahrscheinlich Wichtigeres zu tun hatte, als Knöllchen zu verteilen, und ging auf ihn zu.

»Ich bin Lehrerin am MLG«, stellte sie sich vor.

»Klingt ja irgendwie nach Marxismus-Leninismus«, machte der Beamte einen Witz.

»Wie wär's mit Martin Luther?«

»Einverstanden. Was wollen Sie?«

Vera zeigte auf den Schulhof. »Da hinein«, sagte sie.

»Tut mir leid.« Der Beamte hob die Schultern. »Der Schulleiter ist zwar drin, aber die Lehrer werden bestimmt erst morgen vernommen.«

»Ich kenne einen Ihrer Kollegen.«

»Na, und? Ich kenne auch ein paar Lehrer. Die lassen mich aber auch nicht in ihren Unterricht.« Der Beamte war ein echter Witzbold.

»Können Sie ihn nicht rufen? Oberkommissar Binder.«

»Kripo?«

»Bis vor einem Vierteljahr noch nicht.«

»Tja, der Mensch entwickelt sich. Na, mal sehen.« Der Beamte sprach in sein Walkie-Talkie. Nach wenigen Minuten erschien Thomas Binder auf dem Schulhof. Er trug Uniform und kam mit schnellen Schritten auf das Tor zu.

»Guten Abend, Schwester Vera«, sagte er. »Kein schöner Anlaß für ein Wiedersehen.«

»Nein, Thomas. Es ist also wahr?«

»Leider ja. Hier«, Oberkommissar Binder reichte seiner früheren Lehrerin einen Zettel, »ich hab den Namen aufgeschrieben. Kennen Sie ihn?«

Vera las.

»Nur aus Vertretungsstunden«, sagte sie. »Wie ist es denn passiert?«

»Erstochen. Hinterrücks. Vier Einstiche. Schon der erste war tödlich.«

»Aber warum?«

»Keine Ahnung. Noch nicht. Aber Sie wissen doch, Schwester Vera, es gibt tausend Gründe, einen anderen zu töten.«

»Und tausend Gründe, es zu lassen«, sagte Vera so laut, daß ihr der Schutzpolizist, der das Tor bewachte, einen skeptischen Blick zuwarf.

»Sie wollen uns wohl arbeitslos machen«, sagte ein Mann in Zivil, dessen Kommen Vera nicht bemerkt hatte.

»Mordkommission«, erklärte Thomas Binder rasch.

»Übertreiben Sie nicht«, sagte der Zivilist. »Ich bin nur ein Achtel. Sie sind die Lehrerin des Opfers?«

»Nicht direkt.«

»Oh, das macht nichts. Wir sind auch mit indirekten Auskünften zufrieden.«

Schwester Vera kehrte erst weit nach Mitternacht in ihre Wohnung zurück. Robert war in seinem Sessel eingeschlafen, kam aber zu sich, als sie das Zimmer betrat. Vera sehnte sich nach ihrem Bett und einem langen, tiefen Schlaf. Daran aber war in dieser Nacht wohl nicht mehr zu denken.

»Und?« fragte Robert nur.

Schwester Vera zuckte die Schultern.

»Erstochen. Die Polizei ermittelt. Die haben mit mir gesprochen, aber viel konnte ich ihnen nicht sagen.«

»Ja.« Robert streckte seine Glieder. »Mir ist noch etwas eingefallen. Da war so ein Typ, Ende zwanzig vielleicht. Zur Schule gehörte der nicht. Ich meine, es waren ja eine Menge Auswärtige bei der Disko dabei. Sogar eine Hamburger Nummer hat Fenske vorgelesen. Aber der Typ, also der hat sich mit dem aus der Zwölften unterhalten, und dann sind sie beide rausgegangen.«

»Na, könnte ein Kumpel gewesen sein. Wenn ihr eure Freunde mit zur Disko bringt.«

»Bis zum Ende ist der jedenfalls nicht geblieben.«

Schwester Vera gähnte. Die Aufsätze würde sie nun nicht zurückgeben können, wie sie es sich vorgenommen hatte.

»Ich geb dir morgen die Nummer von Thomas Binder. Dem solltest du das auf jeden Fall erzählen.«

»Heute«, sagte Robert.

»Heute«, bestätigte Vera. »Und nun ist es wohl besser, wenn du nach Hause fährst. Nicht, daß dich deine Eltern vermissen.«

Robert erhob sich. Auch er war todmüde, wie man ihm ansah. Schwester Vera begleitete ihn an die Wohnungstür.

»Um diese Zeit fährt nichts mehr«, sagte der Junge. »Ich werde laufen müssen.«

»Dann lauf«, sagte Schwester Vera und ließ die Tür hinter Robert ins Schloß fallen. Bei den letzten Tropfen aus der Sakeflasche schrieb sie Pastor Tadayama im fernen Kamakura einen langen Brief.

Zweites Kapitel

1

Das Fitneßfieber hatte seit geraumer Zeit die Stadt gepackt. Ausgelöst von der Jogging- und Aerobicwelle, waren überall neue Studios und Institute entstanden, die den schnell expandierenden Markt versorgten, und auch die alteingesessenen kommerziellen Sportschulen hatten nicht zurückstehen wollen, ihr Karate- oder Judoprogramm um Hausfrauengymnastik oder Jazzdance erweitert und sogenannte Krafträume eingerichtet.

Gerhard Schellkowski, der gerade in seinem Stammlokal gefrühstückt hatte, schlug mit einem geringschätzigen Lächeln die Zeitung zu. Nun hatte also auch die schlafmützige F.A.Z. den Trend begriffen und prophezeite einen anhaltenden Boom der körperorientierten Freizeitindustrie, eine Entwicklung, die ein wendiger Geschäftsmann wie Schellkowski bereits erkannt hatte, als sie sich gerade abzuzeichnen begann. Und nicht nur erkannt hatte er sie, er war auch darauf vorbereitet gewesen. Anfangs hatte er mit Sauna und Solarium, mit Tai-Chi und Yoga, mit Jiu Jitsu, Body-Styling und Kung Fu auf drei Etagen Zuwächse erwirtschaftet, von denen er heute nur noch träumen konnte. Noch immer waren die Komplettangebote in, die von Zen-Meditation bis zur Hantelgymnastik zu tibetanischen Tschörten-Klängen reichten, und die Affen, die im hoffnungslosen Kampf für ewige Jugend und gegen körperlichen Verfall standen, gaben Unsummen aus, um ihre Schwimmringe loszuwerden. Schellkowski war es recht. Aber das Geschäft lief nicht mehr so gut.

Zuerst hatte er einfach Glück gehabt. Noch bevor diese für Sportstudioinhaber so erfreuliche Entwicklung einsetzte und noch vor dem Fall der Mauer hatte er für sein *Fitneßland* einen Gewerbemietvertrag abschließen können, nach dem sich mancher die Finger lecken würde. Für ein Studio in Kudammnähe, also in bester Lage, war das damals ein extrem guter Griff gewesen. Der Boom hatte allerdings mittlerweile auch seine Nachteile: Die Konkurrenz war erwacht, und Schellkowski hatte plötzlich etliche Probleme.

Gerhard Schellkowski trank seinen Kaffee aus, zahlte am Tresen und ging hinaus auf den Kurfürstendamm. Auf der gegenüberliegenden Straßenseite stand sein Wagen, der zwischen einem verbeulten Renault 5 und einem Volkswagen eine ausgesprochen gute Figur machte. Schellkowski war stolz auf seinen Mercedes der S-Klasse, den er in stillen Stunden liebevoll sein Protzmobil nannte. Er gehörte nun einmal nicht zu den Menschen, die ihren Reichtum im verborgenen genießen konnten, und geizige Leute waren ihm zuwider. Er verdiente sein Geld, um es anderen zu zeigen und um es auszugeben, und so war aus dem Golf GTI, an den er sich kaum noch erinnern konnte oder wollte, zuerst ein goldmetallic BMW und später dann ein richtiges Auto geworden.

Zum *Fitneßland* waren es fünf Minuten zu Fuß, trotzdem hätte Schellkowski den Weg am liebsten mit dem Wagen zurückgelegt; es machte schlicht einen souveränen Eindruck, vor der Eingangstür zu seinem Unternehmen vorzufahren. Das Herzstück des *Fitneßland* war die Body-Styling-Abteilung. Noch amtierende Berliner und Ex-Europameister verschiedenster Disziplinen warfen ihre Erfahrungen als Trainer in die Waagschale, Schellkowski warf anderes hinzu. Er hatte eine Nebenerwerbsquelle aufgetan, die höchst zeitgemäß war, weil viele Kunden ihre Muskeln ebenso gestylt wissen wollten, wie sie lebten, nämlich schnell. Schellkowski half mit Präparaten nach, die er unter der Hand verhökerte. Nach seiner Auffassung, die seine Mitarbeiter im übrigen ebenso teilten wie die Kunden, war die Benutzung von Anabolika ein Kavaliersdelikt, schließlich spritzte man ja kein Heroin.

Daß die Bullen das anders sahen, war zwar typisch, aber deren Problem. Bisher hatten sie Schellkowski allerdings in Ruhe gelassen. Er war vorsichtig genug und ließ sich nicht erwischen.

Der Ex-Meister aus seinem Team war es, der die Aufbaunahrung erledigte, wie sie die Pillen scherzhaft getauft hatten. Er akquirierte Abnehmer in den neuen und betreute Stammkunden in den alten Bundesländern, Schellkowski beschränkte sich auf seine Rolle als Chef und organisierte den Nachschub.

Die Sache war eingespielt und funktionierte vorzüglich, alle verdienten, die Kundschaft war glücklich über ihre wundervollen Muskelpakete, und trotzdem fühlte sich Schellkowski seit geraumer Zeit in seiner Existenz bedroht. Der Anlaß seiner Ängste hieß *Health-Paradise* und war ein Unternehmen, das nur zwei Querstraßen weiter auf einem Vielfachen an Fläche das Neueste vom Neuen anbot, nicht bei den Sportarten, aber in Ambiente und Ausstattung.

Schellkowskis Klientel hatte die unangenehme Eigenschaft, dem Neuen hinterherzulaufen. Plötzlich, in einem seiner glänzendsten Geschäftsjahre, war Schellkowski gezwungen gewesen, seinen Laden kurzfristig aufzurüsten und Investitionen vorzunehmen, für die er sich ursprünglich hatte Zeit lassen wollen. Und die er sich eigentlich nicht leisten konnte. Natürlich, seine Hausbank war fix und unbürokratisch gewesen, wenn auch nicht aus Liebe zum Sport. Die Herrscher über die Kredite hatten seine Bilanzen studiert, sie erhielten die Ausbildungsverträge der Studiomitglieder als

Sicherheit übereignet und gaben grünes Licht für eine aufwendige Renovierung. Das Hypermodernste an Geräte, neben dem die Einrichtung des *Health-Paradise* bereits museal wirkte, hatte Schellkowski aus den Staaten geordert. Dafür aber betrugen seine Bankverpflichtungen am Tag der Einweihungsparty eine knappe Million, und das war auch für einen Mann wie ihn, der gern hoch pokerte, kein Pappenstiel.

Daß die Pillen nach wie vor bestens gingen, war zwar ein Trost, aber dennoch würde Schellkowski die Produktpalette demnächst erweitern müssen. Die Belgier hatten schließlich ein breitgefächertes Angebot.

Schellkowski beschloß, bei der nächsten Lieferung nachzufragen.

2

Das Training, das jeden Mittwoch um zwanzig Uhr in der Turnhalle des Martin-Luther-Gymnasiums stattfand, war von der Volkshochschule organisiert. Schwester Vera nutzte diesen Termin zur Begegnung und zum Informationsaustausch mit anderen Berliner Aikidogruppen. Zugelassen war allerdings nur ein exklusiver Kreis, waren Aikidoka ab Erstem Kyu, ab Braungurt also. An diesem Abend wurde paarweise Messerabwehr geübt. Angreifer und Verteidiger standen einander gegenüber und wechselten die Rollen nach jeder vierten Attacke. Schwester Vera hatte Robert als Partner und führte das Übungsmesser. Robert verschätzte sich mit der Entfernung, kam ins Straucheln und konnte gerade noch Vera beim Jackenärmel packen. Vera riß die Messerhand zurück, streifte Roberts Oberschenkel mit der Holzklinge und schüttelte den Kopf.

»So nicht. So hast du gegen einen Florettstich nicht den Bruchteil einer Chance. Sieh noch mal genau zu. Tim!« Schwester Vera winkte einen der Hakamaträger zu sich und gab ihm das Messer. »Bitte genau auf den Solarplexus und in Zeitlupe.«

Mit verzögerten Bewegungen demonstrierten Schwester Vera und Tim, der Aikido- und Karatetrainer vom Sportzentrum *Juaikan,* eine korrekte Abwehr, während Vera jede Handlung erklärte.

»Geh nicht zu weit aus der Linie, sonst kann der Angreifer das Messer ungehindert zurückziehen, und du faßt auf die Klinge. Klar? Üb das mal jetzt mit den Juaikan-Leuten, ich mach mit Tim weiter.«

Robert verbeugte sich vor den beiden Dan-Trägern. Vera fixierte über die Messerspitze den Solarplexus ihres Gegenüber. Sie setzte zum Stoß an, Tim war gespannt wie ein Flitzbogen, aber der Angriff kam nicht zustande. Vera war abgelenkt.

Der Mann, der die Halle betrat, war der Hauptkommissar, der den Schülermord untersuchte. Rücksichtslos stampfte er mit seinen Straßenschuhen auf der Matte herum. Ein größeres Sakrileg war nicht vorstellbar.

»Schuhe aus!« rief ihm Vera zu. Ein paar Leiber klatschten noch zu Boden, dann wurde es ruhig. Der Mann stand plötzlich im Mittelpunkt der Aufmerksamkeit, aber er scherte sich weder darum noch um die Aufforderung, sich seiner Fußbekleidung zu entledigen; vielleicht hatte er Löcher in den Socken, vielleicht war es ihm zu albern, auf Strümpfen herumzulaufen. Stattdessen winkelte er die Arme an und erreichte mit einem Hüpfer den Mattenrand.

»Auf dem Hallenparkett müssen Sie Turnschuhe tragen«, wies Schwester Vera ihn zurecht.

Der Polizist winkte ab. Vera befahl ihren Leuten, das Training fortzusetzen, dann begab sie sich zu dem Beamten. Der schaute den Kämpfern eine Weile zu, ohne zu erkennen zu geben, was er bei ihrem Anblick dachte.

»Sieht irgendwie nach afrikanischen Ritualtänzen aus«, meinte er schließlich.

»Asiatische Kampfkunst«, erklärte Vera.

»Asiatisch, aha.« Der Kriminalbeamte war offenbar auch ein Verfechter der These von der fernöstlichen Bedrohung. »Sie sprechen von den kleinen, gelben Schlitzaugen?«

»Gelbe Schlitzaugen habe ich noch nie gesehen«, versicherte die Schwester, »und ich habe mehrere Jahre in Japan gelebt.«

»Verstehe«, sagte der Kommissar und gab damit kund, daß er nichts verstand. »Japan, das ist dort, wo alle mit ihren Firmen verheiratet sind. Und Harakiri, Kamikaze und Yakuza. Verrücktes Volk, eindeutig.«

»Nicht verrückter als die Deutschen.«

»Aha«, wiederholte der Beamte abermals. Dann zeigte er auf Robert. »Den nehme ich jetzt mit.«

»Holen Sie ihn sich«, sagte Schwester Vera mit einem kleinen Lächeln. »Aber zuvor ziehen Sie die Schuhe aus.«

»Wie Sie wollen.« Die Socken des Polizisten hatten keine Löcher, aber mehrere Stopfstellen. Behäbig näherte er sich Robert quer über die Matte. Er sah nicht so aus, als könnte er seine bei den polizeiinternen Selbstverteidigungskursen erworbenen Kenntnisse noch anwenden.

Der Schein trog. Natürlich war der Überraschungseffekt auf seiner Seite, denn weder Vera noch Robert konnten damit rechnen, daß er sich tatsächlich in den Kampf einmischte. Frontal tat er es auch nicht. Er wählte eine hinterfotzige Variante und griff Robert von der Seite an. Nach einem kurzen Gerangel hatte er dem Jungen das Übungsmesser entwunden und hielt es an dessen Kehle.

»Stille Wasser sind tief und gefährlich«, meinte er zufrieden und an Vera gewandt.

»Tief und schmutzig«, berichtigte sie ihn.

»Gut, Junge.« Der Kripomann reichte das Messer an Roberts Partner. »Zieh dich um, wir fahren ein Stück, ich muß dir etwas zeigen.«

»Hoffentlich nicht Ihre Briefmarkensammlung«, gab Robert, der sich von seiner Überraschung erholt hatte, zurück.

»Briefmarken nicht, Sammlung schon. Fotos. Verbrechervisagen. Das mit dem Mann in der Disko, von dem du uns erzählt hast, kommt mir doch spanisch vor.«

Nachdem der Beamte mit Robert abgezogen war, wandte sich Vera wieder Tim zu, der die Vorgänge in der Halle irritiert beobachtet hatte. Der Mord auf dem Schulklo hatte sich herumgesprochen, aber was Robert damit zu tun hatte, konnte Tim nicht wissen.

»Keine Sorge«, beruhigte Vera ihn. »Robert hat nur etwas beobachtet, das die Polizei interessiert.«

»Und dann holen die ihn hier ab wie einen Schwerverbrecher?«

»Laß uns weitermachen.«

Vera und Tim setzten ihre Übung fort. Auch Tim war heute nicht der Reaktionsschnellste. Als Vera die Angriffsgeschwindigkeit steigerte, bekam der Juaikan-Trainer zum wiederholten Mal die Spitze des Holzdolches ab.

»Was ist los, Tim?«

Der Trainer verzog verärgert das Gesicht.

»Tja, Schwester Vera, ich hab mir gestern so eine dämliche Zerrung eingefangen. Zwei Idioten im Karategrundkurs haben wie die Irren aufeinander eingedroschen, daß ich dazwischen mußte. Hemmungslos, als ob bei denen was im Kopf ausgehakt wäre. Passiert neuerdings häufiger bei uns. Meistens Anfänger, Schwester.«

»Kommt mir bekannt vor. Deine Schulter?«

Tim nickte.

»Die rechte, Schwester Vera.«

Vera bestand auf dieser Anrede. Nicht laut fordernd, aber dennoch unmißverständlich, im Gymnasium, beim Training, überall. Protestanische Jesuitinnen hatte der Bischof einmal die Steinverder Schwestern genannt und damit auf die Militanz ihres Ordens angespielt. Vera hatte die Ordensgeschichte gebüffelt, bis sie ihr in Fleisch und Blut übergegangen war. Seitdem Frauen an den deutschen Universitäten studieren durften, befanden sich unter ihnen auch die blaugekleideten Schwestern aus Niedersachsen. Wie alle beruhte auch der Orden der Steinverderinnen auf Disziplin, aber das Studienfach konnten seine Angehörigen selbst wählen, dafür gab es keine Vorgaben. Die amtierende Leiterin des Stiftes etwa war Ärztin und hatte jahrelang in Indien eine Leprastation betreut, Vera hatte neben Germanistik und Theologie auch Japanologie belegt, eine mit ihr in den Orden eingetretene Novizin und Freundin hatte Arabistik gehört, eine andere Norwegisch und Lappländisch. Die Missionsarbeit im Ausland gehörte hinwiederum zu den Pflichten der Stiftsfrauen, und so hatte es Vera schließlich nach Japan verschlagen.

Wie die meisten Menschen sehnte sich auch Schwester Vera nach den Orten, die sie kannte und an denen sie sich gerade nicht aufhielt. Manchmal betraf diese Sehnsucht Steinverder, immer öfter den Fernen Osten. Inbesondere unter dem Eindruck der Ereignisse in den letzten Tagen mußte sie ständig an Japan denken, an die Kirschblüte vor allem, an diese Zeit des Aufbruchs und der Feste. Ihr Brief an Pastor Tadayama sprach sicher Bände, und wenn sie an ihn dachte, war es ihr fast peinlich, wie sehr sie Japan und Kamakura verklärt hatte.

»Ganz bei der Sache sind Sie aber nicht«, unterbrach Tim ihre Grübelei.

»Nein, du hast recht«, gab Schwester Vera zu. »Machen wir Schluß für heute. Ich geh unter die Dusche. War alles ein bißchen viel in letzter Zeit.«

In Japan müßte sie daran nicht mehr denken.

3

Noch war die Komachi-Straße geradezu entvölkert. Das Touristenheer, das die historische Stadt an der Sagamibucht Tag für Tag stürmte, saß noch auf der Yokosuka-Bahn und würde nicht vor elf Uhr aus Tokio eintreffen. Dann war in Kamakura die Hölle los. Kein gebildeter oder auch bloß eingebildeter Japankenner wollte sich die Stadt entgehen lassen, in der das erste Shogunat seinen Herrschaftssitz gehabt und somit im zwölften Jahrhundert die Kamakurazeit eingeläutet hatte. Die Macht war dann zwar 1333 an den Kaiser zurückgefallen, aber auch nur, um an einen Shogun weitergereicht zu werden; der allerdings befand Kyoto als würdigere Hauptstadt für seine Militärregierung. Daß in Japan die Macht lange Zeit nicht nur zwischen Kaisern und Shogunen, sondern auch zwischen Städten hin und her geschoben worden war, schien die Touristen sehr zu beeindrucken; andernorts gab es nicht so viele frühere Hauptstädte zu besichtigen.

Pastor Tadayama lächelte, wenn er an die bald einströmenden Gaijin dachte, nicht nur aus Höflichkeit. Er wußte, daß das ständige Knipsen von Sehenswürdigkeiten zu den Marotten seiner Landsleute zählte, aber die Amerikaner, Briten oder Deutschen nahmen sich da auch nicht viel, und wahrscheinlich zierten die Abbilder der Komachi-dori nicht weniger Fotoalben als die schlechten Schnappschüsse vom Eiffelturm. Einen naturgegebenen Vorteil hatte die Komachi-Straße jedoch: Sie war leichter aufs Bild zu bekommen als das Pariser Stahlskelett.

Pastor Tadayama hatte zwei Freistunden und schlenderte die Komachi-dori entlang zum *Mon*. Durch die Glastür mit dem überdimensionalen Schriftzeichen für Tor betrat er das berühmte Café. Daß *Mon* ebenfalls der Titel eines Romans von Natsume Sozekis war, wurde in der Getränkekarte gleich mehrmals ausdrücklich erwähnt.

Um diese Tageszeit wurde das Kaffeehaus überwiegend von Geschäftsleuten aus der Umgebung frequentiert, die vor dem Besucheransturm aus der Metropole schnell einen *Hotto kohi* tranken, einen *Moningu tosuto* aßen und einen kleinen Plausch mit Kollegen hielten. Von Literaten oder Künstlern fehlte jede Spur. Auch sie, oder die, die sich dafür hielten, trafen nämlich erst mit dem Elfuhrzug ein.

Pastor Tadayama wollte den Eilbrief von Vera-san noch einmal in Ruhe durchgehen. Seine Frau hatte ihm den Brief am Vorabend ans Ofuro gebracht, ans brühendheiße Wannenbad, und Tadayama hatte ihn auch gleich gelesen, aber nicht alles verstanden. Sein Deutsch, die Sprache seiner Studienjahre in Marburg an der Lahn, war mittlerweile etwas eingerostet. Schon allein aus diesem Grund hatte die Deutschlandreise mit dem Aikido Klub vom Christian College einen Sinn, der übers Weltenbummeln hinausreichte.

Ausgerüstet mit einem voluminösen Deutsch-Japanisch-Wörterbuch ging Pastor Tadayama in den hinteren, ruhigeren Teil des Cafés, bestellte einen Zitronentee und glättete die Briefbögen.

Den ersten Teil des Briefes konnte Tadayama noch relativ mühelos entziffern. Vera-san schrieb über das Sportfest, über die Unterkünfte für die japanischen Gäste und darüber, wie man sie zu beköstigen dachte, also über die organisatorischen Details der Reise, soweit sie die Gastgeber betrafen. Tadayama notierte sich das Wichtigste. Dann veränderte sich schlagartig Veras Ton, und Tadayama mußte häufiger das Wörterbuch bemühen.

Mit Vera war offenbar die Missionarin durchgegangen; mehr als zwei Seiten hatte sie einem Traktat über Gewalt und Kriminalität gewidmet, für den Tadayama eigentlich der falsche Adressat war. Die Behauptung, daß es in Deutschland nicht mehr so friedlich zuginge wie während seines Studiums zur Flower-Power-Zeit, kam dem Pastor etwas idealisierend vor, wenn er an die Schlagstöcke und Tränengasgranaten der deutschen Polizei dachte, die auch damals schon gern eingesetzt wurden. Die Deutschen waren schon ein merkwürdiges Volk; je besser es ihnen ging, desto stärker beklagten sie die Verschlechterung der Zustände. Mit allem ging es bergab, und das war schon zur Flower-Power-Zeit so gewesen. Daß Schwester Vera auch so zu denken schien, erregte allerdings Tadayamas Unwillen, denn von ihr hätte er das nicht erwartet.

Die Erklärung für ihren Ausbruch fand er einige Zeilen später. An dem Gymnasium, an dem Vera unterrichtete, war während einer Schulparty ein Siebzehnjähriger erstochen aufgefunden worden. Der Mörder war verschwunden, ein Motiv nicht zu erkennen. Das also machte Vera zu schaffen, aber nicht das allein, denn sonst würde sie nicht so sehr betonen, daß sich das Verbrechen ausgerechnet im Norden Berlins abgespielt hatte, in einer Gegend, die als relativ unproblematisch galt, wenn von sozialen Spannungen oder Kriminalitätsdichte die Rede war. Pastor Tadayama wußte nichts über den Norden Berlins, da Vera jedoch von einem Hermsdorf schrieb, stellte er sich weidende Kühe, Getreidehalme, geweißte Häuser und Straßen vor, die wie gewischt aussahen. So jedenfalls hatte er deutsche Dörfer in Erinnerung.

Pastor Tadayama trank seinen Tee aus und bezahlte bei der Mama-san am Eingang. Nach Veras Brief mußte er plötzlich an die amerikanischen Horrorfilme denken, mit denen seine Schüler aufwuchsen. Aus rein pädagogischen Gründen, wie er auch sich selbst gegenüber behauptete, hatte er sich gelegentlich ein paar davon angeschaut. Es war immer ein ähnliches Muster: Das Unglück brach über eine bürgerliche Idylle herein, weil man nur vor diesem Hintergrund das Unglück überhaupt wahrnahm. In ungeordneten und zerstörten Verhältnissen waren Katastrophen schließlich normal.

Womöglich war das auch in diesem Hermsdorf so.

4

Nach dem Mittwochtraining war es Usus, daß die Aikidoka sich nicht gleich trennten, sondern noch auf ein Bier oder ein Glas Wein in das dem Gymnasium benachbarte Ristorante einkehrten. Vera war vorausgegangen und hielt einen Tisch frei, der Kellner, ein junger, in Berlin geborener Italiener, brachte ihr den Schoppen Frascati und das Selterswasser, bevor sie überhaupt eine Bestellung aufgegeben hatte. Ein paar Minuten später trafen auch die anderen ein, unter ihnen Robert. Bereits als er Vera an dem leeren Tisch ausmachte, schüttelte er den Kopf.

»Na, der Große Unbekannten nicht dabei?« fragte Vera.

»Komisch«, sagte Robert, »so hat der Bulle ihn auch immer genannt. Und ich mußte ihn beschreiben und nochmals beschreiben. Trotzdem ist mir noch immer nicht klar, ob dieser Hauptkommissar mir überhaupt glaubt. Macht immer nur ein Pokerface oder reißt Witze. Ein übler Typ.«

»Berufskrankheit«, mischte sich Tim ein. »Ständig nur Leichen und Mörder, da kriegt man doch einen Riß in die Schüssel.«

»Wie auch immer.« Robert ließ sich ein kleines Bier bringen. »Jedenfalls haben die Leute in ihrer Kartei, also, das ist so... Einen habe ich wiedererkannt, der war in der Grundschule zwei Klassen über mir. Sieben oder acht Jahre hab ich den nicht mehr gesehen, obwohl der auch irgendwo hier draußen wohnt. Und wo treffe ich ihn wieder? In der Verbrecherkartei. Was er ausgefressen hat, weiß ich nicht. Die Bullen haben mir bloß die Vorderseiten ihrer Fotos gezeigt.«

»Und woher weißt du dann, daß sie hinten beschriftet waren?« wollte Tim wissen.

»Weil, manchmal haben die auf der Rückseite gelesen.«

Schwester Vera musterte Robert, einen ihrer besten Braungurte. Die Begegnung mit der Kriminalpolizei, obwohl sie nicht einmal eine Stunde währte, schien kein Vergnügen gewesen zu sein.

Dieser Hauptkommissar war ein Zyniker, und mit solchen Menschen konnte Robert nicht umgehen. Wahrscheinlich hatte er sich selbst als Verbrecher gefühlt.

Robert trank sein Bier in einem Zug, knallte das leere Glas vernehmlich auf den Tisch. Tim schüttelte den Kopf.

»Nicht so hastig«, sagte er.

»Sag mal, Robert, dieser Schüler, der ermordet wurde, wie hieß er gleich?« wollte Vera wissen.

»Thoralf, glaub ich.«

»Ja, genau, Thoralf. Weißt du etwas über ihn?«

»Schon wieder eine Bullenfrage«, murmelte der Junge. »Wenig«, sagte er dann laut. »Ist oder war einer von denen, deren Eltern nicht allzuviel Kohle haben. Ich meine, die sind nicht arm, keine Sozialhilfeempfänger oder so, aber auch keine Bonzen. Da war nichts mit dickem Auto oder so. Hatte bloß ein klappriges Mofa, während manche in seiner Klasse ... aber das wissen Sie ja.«

»Soweit ich das beurteilen kann, war er eher eine graue Maus. Immer im Mittelfeld, nicht gut, nicht schlecht. Unauffällig. Fast unanständig unauffällig.«

Robert nickte.

»Deshalb weiß auch kaum jemand was über ihn. Nicht mal die in seiner Klasse. Er kam morgens, riß seine Stunden ab, ging wieder. Am Wochenende hat er manchmal auf dem Trödelmarkt ausgeholfen.«

»Trödelmarkt? Wo?«

»Na, der am Humboldthain. Hat, glaube ich, Kassetten und CDs verkauft. Bestimmt irgendwelche Raubkopien.«

»Na ja«, meinte Tim, »in diesem Geschäft wird doch kaum mit so harten Bandagen gekämpft. Da schaltet man einen Konkurrenten doch nicht durch Mord aus, oder?«

Schwester Vera und Robert zuckten die Schultern. Der Kellner brachte sowohl Robert als auch Tim ein frisches Bier und fragte Vera nach weiteren Wünschen. Vera bestellte noch eine Selters nach.

»Vielleicht besuchen wir diesen Trödelmarkt mal«, sagte sie.

»Wollen Sie Detektiv spielen, Schwester Vera?«

»Ich brauche ein Fahrrad«, wich Schwester Vera einer Antwort aus.

5

Es war so weit. Der Elfuhrzug aus Tokio mußte vor einer oder halben oder Viertelstunde in Kamakura eingetroffen sein, denn der ganze Rattenschwanz von Touristen wuselte bereits durch den historischen Teil der Stadt. Pastor Tadayama, Lehrer, Aikidomeister und daher Autorität, bewegte sich gemessenen Schrittes zu seinem College. Die Touristen, von denen man doch annehmen sollte, daß sie sich erholen wollten, verbreiteten hingegen vor allem Hektik und Lärm. Jedes Foto, das sie schossen, wurde vom Gegacker der Kinder und den Ermahnungsrufen der Mütter begleitet, die sich im Kreis der Lieben zum Erinnerungsbild in Positur stellten und noch schnell ihre Frisur ordneten. Pastor Tadayama machte zwei Polizisten in ihren dunkelblauen Uniformen aus, die wie er die Ruhe selbst zu sein schienen. Sie beachteten die Touristen nicht, oder zumindest taten sie so, sondern interessierten sich für die Auslagen der Geschäfte. Wahrscheinlich aber schauten sie sich die Vorübergehenden in den Schaufensterscheiben an, in denen sie sich spiegelten.

Keine zwanzig Schritt von den Polizisten entfernt waren zwei Mittelschüler, für Tadayama an ihren schwarzen, dem Mao-Look ähnelnden Schuluniformen zu erkennen, in einen lauten Streit geraten. Völlig würdelos, wie Tadayama fand, schrien sie sich an. Plötzlich langte der eine zu. Die verbale Auseinandersetzung eskalierte zu einer Rauferei. Pastor Tadayama war entsetzt über die Brutalität; der eine Schüler blutete bereits aus der Nase, aber der zweite drosch noch immer auf ihn ein. In Tadayamas Weltbild war ein solches Verhalten nicht nur unchristlich, sondern auch unjapanisch. Die Polizisten ignorierten die Schlägerei, obwohl die ja angesichts der Touristen peinlich war; vermutlich hielten sie das ganze nur für eine Balgerei dummer Jungen, eine Bagatelle, die die Polizei nichts anging. Die haben eben nur noch Augen und Ohren für die Bestechungsgelder der Yakuza, dachte Tadayama grimmig.

»Yamenasai!« fuhr er den Schülern in die Parade. »Schluß damit, benehmt euch!«

»Schnauze«, rief der eine von ihnen, der der Überlegene

war, »halt dich da raus, sonst kriegst du auch eins aufs Maul.«

Pastor Tadayama war noch nie so beleidigt worden. Aus der traditionellen Achtung vor Lehrern und Meistern heraus waren ihm Schüler, ja überhaupt Jüngere immer mit Ehrerbietung begegnet. Aber vielleicht gehörte es zu den neuen Umgangsformen, einem Mann wie ihm Schläge anzubieten. Tadayama mußte sich sehr beherrschen, um nicht loszubrüllen. Er tat gar nichts, stand nur da und wartete.

Der Schüler, den der Frechling im Würgegriff hatte, hatte Tadayama erkannt und sah derart erschrocken aus, daß sein Gegner von ihm abließ und sich zu Tadayama umdrehte. Der Pastor war für Kamakuraner beileibe kein Unbekannter, und das Aikido-Dojo vom Kamakura Christian College genoß einen guten Ruf. Außerdem war Tadayama-sensei nicht gerade klein und schmächtig und überragte die Streithammel um Haupteslänge.

»Oh, Sensei!« sagte der Schläger leise und wurde blaß.

»Macht bloß, daß ihr wegkommt, aber etwas plötzlich, bevor ich meine gute Kinderstube vergesse. Im Gegensatz zu euch hatte ich die nämlich.«

Die Kampfhähne gaben Fersengeld. Pastor Tadayama setzte seinen Weg befriedigt fort. Seine Autorität wog also doch noch etwas. Aber zugleich mußte er an Veras Brief denken. Deren Erinnerungen an Japan waren vermutlich auch ein wenig antiquiert.

6

Schellkowski hatte gerade seinen Schreibtisch aufgeräumt, seine Aktentasche gepackt und sein Jackett übergestreift, um sich auf den Heimweg zu begeben, als das Telefon läutete. Es war kurz nach zwanzig Uhr, Schellkowski war seit elf Stunden auf den Beinen und hundemüde; kein Anruf konnte so wichtig sein, daß er nicht eine Nacht Aufschub duldete. Dennoch griff der Studiobesitzer nach dem Hörer.

Der Mann, der sich meldete, galt offiziell als Prokurist einer Firma, die halb Europa mit Sportmatten belieferte oder zu beliefern vorgab und ihre Hauptniederlassung in Brüssel hatte. Schellkowski setzte sich wieder hin. Das Gespräch würde nicht lange dauern, aber die Informationen, die ihm nun überliefert wurden, waren zumindest für den Geschäftsmann Schellkowski fast lebenswichtig.

Von den Belgiern, die in Europa den Markt beherrschten, wußte Schellkowski nur eines mit Sicherheit: daß die wenigsten von ihnen tatsächlich Belgier waren. Der Name hatte sich durchgesetzt, weil Brüssel der Sitz der Organisation oder ihrer Zentrale war, aber darüber, wer hinter ihr steckte und wer die Gewinne einstrich, gab es nur Gerüchte. Gemunkelt wurde von südamerikanischen Geldgebern, aber auch die Chinesen aus Antwerpen waren im Gespräch. Den Kunden war es nicht nur egal, es war auch gesünder, wenn es so blieb.

Allen Abnehmern bekannt war nur, was bekannt werden sollte, daß die Belgier keine Konkurrenten duldeten. Überall dort, wo sie ihr Vertriebsnetz etabliert hatten, hängten sich Nachahmer an ihre Fersen und versuchten, ein Stück vom Kuchen abzubekommen. Niemand machte das länger als ein paar Wochen, dann tauchten aus Brüssel die Spezialisten auf. Die Spezialisten arbeiteten sauber und diskret, und wer sie je bei der Erledigung eines Jobs gesehen hatte, konnte darüber keine Angaben mehr machen. Durchgesickert war dennoch, daß das Spezialistenteam von einem ehemaligen Offizier der Fremdenlegion geleitet wurde, den man allenthalben Monsieur nannte. Schellkowski würde nie die Bekanntschaft von

Monsieur machen, dessen war er sich gewiß. Er arbeitete nicht auf eigene Rechnung. Das Beispiel einer Reihe von Trittbrett-Dealern hatte ihn abgeschreckt.

Der Prokurist, der sich nie mit seinem, sondern stets mit dem Namen der Briefkastenfirma meldete, und den Schellkowski noch nie gesehen hatte, aber den er an seiner Stimme erkannte, teilte ihm die Modalitäten der nächsten Übergabe mit.

Schellkowski prägte sich die Daten ein.

Drittes Kapitel

1

Ein Mann in dunkelblauem Trenchcoat und mit gepflegtem Kinnbart steht in einem Telefonhäuschen vor dem Bahnhofsgebäude der Londoner Waterloo Station. Die Münzen hat er in Griffnähe auf dem Apparat deponiert, wo sie einen wackligen Turm bilden. Der Mann wählt eine Nummer in Holland. Auf die Verbindung braucht er nicht zu warten, sie kommt augenblicklich zustande. Der Anrufer verlangt einen Mijnheer van Holt zu sprechen. Sun Ya Lin, der Wirt des Chinarestaurants am anderen Ende der Leitung, der das Gespräch entgegennimmt, bittet um einen kurzen Moment Geduld.

Der Mann schaut auf die Uhr. Der Moment ist tatsächlich kurz.

»Ingo?« fragt jemand auf Deutsch.

»Ja.« Der Mann in der Zelle wirft Münzen nach.

»Grüß dich.«

»Hier überschlagen sich im Augenblick ein wenig die Ereignisse«, sagt der Mann, der Ingo heißt. »Hör zu, Willem, ich verschwinde morgen und nicht erst am Freitag, wie ursprünglich geplant. Die Geschwister sind schon weg. Brüssel hat die Fremdenlegion früher eingeschifft, als wir erwartet haben.«

»Ändert das etwas an unseren Plänen?« Die Frage des Holländers klingt eine Spur besorgt.

»Nichts. Seit letzter Woche ist hier alles aufgelöst.«

Der Holländer ist beruhigt. Es rauscht in der Leitung, dann spricht er wieder.

»Wir haben sie auch reichlich gebeutelt.« Der Mann nickt dem Hörer zu, wirft weitere Münzen in den Speicher.

»Ich fliege also morgen mit der ersten Maschine«, sagt er. »Sicherheitshalber über Rom, falls sie jemanden am Flugplatz hocken haben.«

»Sehr vernünftig. Melde dich von dort wie gehabt. Übrigens, die Seezunge mit Wasserkastanien und Setchuanpfeffer eben war ein Hochgenuß.«

Der Mann muß bei dieser Bemerkung des Holländers grinsen, weil er sich die üppig gedeckte Tafel in Suns *Lotosgarten* nur allzu deutlich vorstellen kann, und legt auf. Er zerreißt den Zettel mit der Telefonnummer in winzige Fetzen und wirft sie auf den Boden der Zelle, dann steckt er die übriggebliebenen Geldstücke ein. Draußen vor den beschlagenen Scheiben huschen vermummte Gestalten eilig vorbei, die mit Schirmen, an denen der Wind zerrt, und mit wasserabweisender Kleidung dem Inselregen zu trotzen versuchen. Viel Erfolg haben sie nicht damit.

Wird wirklich Zeit, schnell in Urlaub zu gehen, denkt der Mann, als er den Mantelkragen hochschlägt und sich die Schirmmütze tief ins Gesicht zieht. Dann verläßt er das Telefonhäuschen und macht sich, ein Passant unter anderen, auf den Weg zum Reisebüro *Mediterranea.*

Noch am selben Nachmittag zerstört eine heftige Explosion die Büroräume der *Austrian-British-Trade Ltd.* im Londoner Stadtteil Kensington. Die Angestellten der benachbarten Anwaltskanzlei kommen mit schwerem Schock, aber unverletzt davon. Bei der Befragung durch die Polizei sagen sie übereinstimmend aus, daß sie die Besitzer der Firma seit Tagen nicht mehr gesehen haben. Scotland Yard findet Reste, die auf eine Kofferbombe hindeuten. Da die ausländischen Geschäftsführer der Import-Export-Gesellschaft, eine Frau und zwei Männer, unter den bei der Handelskammer hinterlegten Privatadressen nicht ausfindig zu machen sind, vermutet die Polizei politische Hintergründe. Einige Zeitungen bringen die Nachricht bereits in ihrer Abendausgabe. Sie machen für den Anschlag die IRA verantwortlich, eine Vermutung, die oft genug zutrifft, wenn es in London knallt.

Für Willem van Holt kommt das Attentat nicht unerwartet, von dem er in der *Times* liest, die in seinem Lieblingscafé an der Amsterdamer Herengracht ausliegt. Trotzdem ist es eine reichlich harte Gangart, die die Belgier einschlagen. Mijnheer van Holt, der Kopf eines Unternehmens, der es lieber anderen überläßt, ihre Haut zu Markte zu tragen, widmet sich seinem letzten Tortenstück. Wir werden in Zukunft wohl ein wenig umsichtiger vorgehen müssen, überlegt der Holländer, der französische Experte der Belgier ist kein Anfänger. Van Holt denkt an ihn nicht ohne Anerkennung.

Dennoch, das Englandgeschäft ist rundum gelungen. Mijnheer beschließt, einen extra alten Genever auf den Erfolg zu trinken, der überdies den Geschmack der reichlich genossenen Crème-Törtchen neutralisiert. Da er ohne sein Team ist, muß Willem van Holt mit sich selbst anstoßen. Ihm macht das nichts aus. Er lebt, und er lebt angenehm, das ist das Entscheidende.

Nach einem Blick zur Uhr bricht Willem auf. Jetzt ist es an der Zeit, sich in die gemütliche Weinstube an der Keizersgracht zu begeben, um die Stunde bis zum Beginn des allabendlichen Festessens bei Sun mit einem kleinen Bordeaux zu überbrücken. Der Chinese erwartet eine Lieferung Abalone oder Seeigel, genau weiß es van Holt nicht mehr.

Willem van Holt faltet die *Times* zusammen, legt sie in den Zeitungsständer zurück, zahlt und schreitet gewichtig gen Ausgang.

2

Gleich hinter Neapel zerfasert die dichte Wolkendecke, die seit Wochen lückenlos über ganz Europa liegt, um einem geradezu Dalí-blauen Mittelmeerhimmel zu weichen. Ingo steckt die neueste Ausgabe des *Manager* ins Gepäcknetz an der Vordersitzlehne und macht es sich bequem. Die Air-Malta-Maschine aus Rom ist um diese Jahreszeit nur mäßig besetzt.

Ingo döst. Die paar Tage Urlaub auf Malta würden ihm nur eine trügerische Ruhe vorgaukeln, die Ruhe vor dem nächsten Sturm. Das nächste Kommandounternehmen, wie er es gern nennt, würde in Deutschland stattfinden, und dafür ist allerhand vorzubereiten. Ingo gähnt, schaut aus dem Fenster.

»Die Zukunftspläne«, hat Willem bereits vor der englischen Operation doziert, nachdem er mehrmals betonte, daß er keinesfalls alle Deutschen über einen Kamm scheren würde, »die Zukunftspläne erfordern ab sofort eine generalstabsmäßige Vorbereitung. In England oder den Staaten reicht es vollkommen aus, auf den Schein zu vertrauen. Wenn ihr aber später in Hamburg oder München auftretet, müßt ihr das sein, was ihr zu sein vorgebt. Jeder ist zwar Dottore in Mailand, wer indes von Duisburg bis Passau nicht glaubwürdig Herr Hauswart oder Frau Oberschwester ist, wird garantiert von den Nachbarn bei der Obrigkeit angezeigt, um den Sachverhalt von Amts wegen klären zu lassen.«

Ingo und die übrigen Mitglieder seines Teams, die Geschwister Harry und Rita, bogen sich vor Lachen an jenem Abend in Willems Landhaus hinter dem Rijksdijk. Es war typisch für den dicken Holländer, ständig seine Deutschenängste vor sich her zu tragen, obwohl er die deutsche

Besatzung der Niederlande kaum bewußt erlebt haben dürfte. Rita und Harry trösteten den Dicken denn auch, wenngleich nicht ohne Ironie; immerhin seien sie, seine ach so preußische Hilfstruppe, stets recht loyal ihm gegenüber und aufopfernd für sein Wohlbefinden tätig gewesen. Im Prinzip hatte Willem natürlich recht. Die Deutschen sind gegen Hochstapler und Trickbetrüger ebensowenig gefeit wie andere Völker, aber gerade weil sie vor jedem Titel knicksen, sind sie mißtrauisch gegenüber deren Inhabern. Was blieb Ingo, Rita und Harry also anderes übrig, als autodidaktisch Blitzstudien in Jura und Betriebswirtschaft zu betreiben. Ingo denkt mit einigem Widerwillen an die Lektüre von Wälzern wie Hausers *Steuerlehre* und Vahlens *Mikroökonomie*, aber auch von Managermagazinen.

Willem van Holt hatte seinen Kursanten die Hausaufgaben mit Anekdoten über das deutsche Wesen schmackhaft zu machen versucht, die er immer als Teile seiner Biografie ausgab, vielleicht aber auch erdachte. Geradezu berühmt, wenn auch nicht in der Öffentlichkeit, war die Schilderung von seiner Lebensetappe als Chemieingenieur in Leverkusen, die zwar variierte, aber in ihrer Lehre beständig blieb.

»Als ich noch ein weitgehend rechtschaffener Chemieingenieur in Leverkusen war«, begann sie, und das Räuspern war Programm, »betrieb ich auch ein kleines Hobbylabor in meiner Wohnung. Ich bin ja quasi mit Chemie aufgewachsen, verbrannte schon als Fünfjähriger Magnesium und war begeistert. Chemieingenieur bei *Interpharm*, das war natürlich ein Beruf ohne Faszination. Im Hobbylabor lebte ich die Träume meiner Kindheit aus.«

Willems Pathos war nicht echt. Geträumt hatte er sicher, aber seine Träume hatten mehr mit seinem Sparbuch zu tun.

»Tja, und damals, es war Ende der Sechziger, Anfang der

Siebziger, ihr streiftet gerade die Eischalen ab, und kein Tag verging, ohne daß die Presse ihre sensationslüsterne Gemeinde mit Nachrichten von Drogenexzessen erfreut hätte. LSD hieß das Horrormittel, das buntgekleidete Leute von hohen Türmen springen ließ. Halbwüchsige brachte die Wahnsinnsdroge angeblich dazu, die schlafenden Eltern mit Nagelscheren oder Kartoffelschälern und mit Schaum vor dem Mund zu massakrieren. Ihr seht, die Jugend war schon immer schlecht.« Das war eindeutig auf Ingos Team gemünzt. Rita und Harry erfüllten Willems Wunsch und taten entrüstet. Damit stachelten sie ihn an, seine Legende weiter auszuschmücken. »Nun, meine Putzfrau war der eifrigen Bild-Leserinnen eine. Das Foto einer Heroinküche in Marseille beflügelte Frau Matthusens Phantasie ungemein. Messerscharf kombinierte sie: Bunsenbrenner und ähnliches Gerät im Haus gleich Rauschgifthändler. Eines Tages kam ich von der Arbeit und wurde im Treppenhaus von zwei Herren in Zivil und mit eindeutiger Legitimation abgefangen.«

Ingo sieht tief unter sich auf dem Meer zwei winzige weiße Punkte, die sich in Richtung Nordafrika bewegen. Für ihn sind Willems Geschichten nicht neu, denn er hat bereits mit dem Chemieingenieur van Holt zusammengearbeitet. Trotzdem sind sie gerade für ihn immer wieder ein Genuß, weil er der einzige ist, der ihre Veränderung mitbekommt. Während seines Fluges, da er den Abend bei Willem Revue passieren läßt, muß er lächeln. Je mehr sich der dicke Amsterdamer in seinen Bericht vertiefte, desto mehr geriet er in Rage.

»Diese Herren haben von allem Proben entnommen und mich für den nächsten Tag zum Zentrallabor der Kripo bestellt. Natürlich mußte man sich dort später bei mir entschuldigen.«

Rita unterbrach Willem, und Ingo weiß bis heute nicht, ob sie tatsächlich aus dem Mustopf kam oder es vortäuschte.

»Wie denn das?«

»Ich war eben, wie soll ich mich ausdrücken, wissenschaftlich meiner Zeit weit voraus, auf jeden Fall den damaligen Polizeichemikern. Ich forschte, wie gesagt, bei *Interpharm,* und zwar an der Verbesserung künstlicher Hormone zur Schweinemast. So konnte ich den Bullen glaubhaft nachweisen, daß meine Heimküche ausschließlich der edlen Wissenschaft gewidmet war.« Daß er rechtzeitig auf die Spitzelsucht der Putzfrau aufmerksam geworden und vorgesorgt hatte, verschwieg Willem natürlich, und Ingo, der ihm seinerzeit behilflich gewesen war, verzinkte ihn nicht. Gerade in einem Unternehmen, das seine Geschäfte jenseits der Legalität abwickelt, muß es eine gesunde Portion Herrschaftswissen geben. Harry vermutete zwar, daß es noch einen spannenden Rest gäbe, aber er erfuhr von ihm höchstens die Hälfte, als Willem fortfuhr, um seine Heldensaga zu beenden.

»Dynamisch, engagiert und auf Karriere bedacht«, der Dicke prostete Harry zu, »war mir natürlich wohlbekannt, daß andere Abteilungen der Firma über motivationsfördernde und angsthemmende Substanzen forschten.« Willem unterbrach sich für einen weiteren Schluck Genever. »Ich kann euch versichern, ich verließ *Interpharm* später im Besitz aller relevanten Unterlagen, was künstliche Hormone und Psychopharmaka im weitesten Sinne betraf.« Der Holländer nahm eines der zierlichen Lachsbrote in seine rechte Hand und ließ sich von Rita das Fingerhutglas in seiner linken Pranke nachfüllen. »Glück habe ich damals trotzdem gehabt. Deshalb Vorsicht und nochmals Vorsicht vor der Schnüffelsucht der Lehmanns und Matthusens! Der Putze habe ich übrigens, falls es jemanden interessieren sollte, bei der nächsten passenden Gelegenheit Zucker in den Tank geschüttet und sie unter einem Vorwand entlassen.«

Im Bullaugenfenster des Flugzeugs ist der Ätna aufgetaucht und gebietet Ingo die Bestellung eines letzten Drinks. Wenig später leuchtet das *No Smoking Fasten Seat Belt Please* auf, und der Jet verliert an Höhe. Air-Malta-Captain Camilleri fliegt die obligatorische weite Kurve über dem Fischereihafen Marsaxlokk und landet sanft auf dem Flugfeld, um das sich im Zweiten Weltkrieg Briten und Deutsche heftige Kämpfe lieferten.

Ingo, der nur einen Bordkoffer dabeihat, ist als erster Passagier mit der Immigration fertig. Ein paar Schritte hinter der Paßkontrolle winken die Zollbeamten mit gelangweilten Bewegungen alle Touristen durch. Gerade diese Geste südländischer Gastlichkeit und einer gewissen Laxheit bei den Formalitäten macht Malta für Ingo und die Geschwister zu einem unschätzbaren Refugium.

Rita, braungebrannt und in dünner Bluse sowie leichtem Leinenrock, erwartet Ingo auf dem Parkplatz vor der Halle des Luqa Airport, so wie sie es verabredet haben. In Rom hat es noch geschneit; hier muß Ingo den gefütterten Burberry über den Arm legen und schwitzt dennoch in seinem winterlichen Tweedanzug. Rasch verstaut er den Board-Case im handschuhfachgroßen Kofferraum eines Mini.

»Was ist denn das für eine Schüssel, kleiner ging es wohl nicht?« fragt er pikiert.

Rita spielt für Beobachter, mit denen allerdings kaum zu rechnen ist, die entrüstete Ehefrau.

»Aber Schatz«, entgegnet sie, »genau das richtige Modell für Leute, die all ihr Geld in ein altes Bauernhaus auf Gozo investiert haben. Wenn nächstes Jahr unser, sagen wir mal, unser Blumencenter in Wuppertal gewinnbringend verkauft werden kann, wird selbstredend auch der große Daimler steuerfrei herübergeschafft.« Rita lächelt Ingo milde an, was fast wie ein Ausdruck von Verliebtheit wirkt. Manchmal gehen die Sicherheitsvorkehrungen des Teams, die in solcherart Verstellung gipfeln, selbst dem Teamleader auf den Geist, der sie ja miterfunden hat und durchgesetzt.

»Und dann, mein lieber Gatte«, setzt Rita ihre Rede fort, »dann werden wir die uns verbleibenden Lebensjahre als Permanent Residents mit leichter Gartenarbeit und Sonnenbaden vertrödeln, nicht wahr? Außerdem gab's den Mini zum Superbilligtarif.«

»Auf so etwas fallen nur Frauen herein«, meint Ingo schnippisch. Rita setzt ein gehorsames Hausfrauenlächeln auf.

»Ich bin eben eine sparsame Deutsche und werfe das Geld nicht wie die Männer zum Fenster raus.«

Obwohl ihn gelegentlich all diese Spielerei nervt, ist Ingo doch immer wieder begeistert von der Perfektion, mit der Rita eine Rolle gibt. In Wirklichkeit ist sie als treusorgende Gattin und Hausfrau eine blasphemische Vorstellung.

»Fährt das Ding denn wenigstens?« Ingos Zweifel an der Fahrtüchtigkeit von Kleinwagen sind teamnotorisch.

»Wie bei allen billigen Leihautos hier muß man die Gänge reinhämmern, dafür sind die Bremsen so weit runter, daß wir bei einer Vollbremsung garantiert nicht durch die Frontscheibe schießen. Der Motor ist recht spritzig. Die Fähre von Sa Maison nach Gozo geht um eins, wir sollten uns beeilen.«

Ingo greift nach links oben und ins Leere.

»Sicherheitsgurte sind bei den Maltesern verpönt«, bemerkt die Frau Gemahlin.

Wenn Rita fährt, ob einen Kleinwagen oder ein schweres Schiff, dann bleibt kein Auge trocken. Selbst den Maltesern, allesamt Männer mit der Mentalität von Grand-Prix-Fahrern, ist Ritas Fahrstil zuviel. Ihrem aufgebrachten Hupen ist zu entnehmen, daß Rita einen Landesrekord verbessert hat.

»Was macht Harry so?« Ingo wirft seine Krawatte auf die Rückbank des Morris.

»Brüderchen vertreibt sich die Zeit mit Surfen. Bis Sonnenuntergang mit dem Manager der Tauchschule in der Ramla Bay oder vor Comino, ab Sunset mit Skandinavierinnen im Hotel Calypso. Ansonsten hat er den Architekten in sich entdeckt, du wirst das Gehöft nicht wiedererkennen. England hat so viel abgeworfen, daß wir bei der Restaurierung auch einen Swimming-Pool berücksichtigen könnten.«

Bis Sa Maison schweigen die beiden. Rita brettert mit dem Mini über die niedergelassene Ladeluke der ehemaligen Oslo-Fjord-Fähre in den Staubereich für PKW.

»Willem kommt natürlich nicht?« erkundigt sie sich, nachdem sie die Stoßstange des Wagens vor sich touchiert hat. Der Fahrer des Wagens schimpft, er hat eine andere Auffassung von Platzersparnis.

»Nein«, antwortet Ingo, der dem Mann bedauernd zunickt, »ich soll ihn zur üblichen Zeit anrufen.« Dann steigt er hinter Rita die Eisentreppe zur Schiffsbar hoch, bestellt dort einen Kaffee und ein Hopleaf-Beer.

»Ehrlich, Rita, Willem auf Malta! Kein Genever, unwürdige Hitze, die die teuer erarbeitete Leibesfülle dahinschmelzen lassen könnte, keine von Sun Ya Lin umsichtig gefüllten Entenfüßchen und Flußkrebssülze, wie Mutter Shu sie machte, nur lokaler Ziegenkäse im Pfeffermantel und trockener Inselwein!«

Rita und Ingo grinsen einvernehmlich. Willem van Holt nähert sich merklich der Drei-Zentner-Grenze. Er reist fast nie, und wenn doch, so nur unter Zwang und Protest.

Schlecht rasierte Lastwagenfahrer, die mit der Sechsuhrfähre Gemüse nach Valetta geliefert haben, sitzen am Nebentisch und spielen Karten; das allgegenwärtige englische Ehepaar der Gattung *Ex-Service* schweigt sich an; eine maltesische Großfamilie plaudert mit einem gutgelaunten Priester; holländische Wasserski-Enthusiasten fachsimpeln lautstark. Linker Hand taucht Comino auf. Die Fähre überholt ein rostiges Frachtschiff mit einer Zementladung, vier Kühen und einem museumsreifen Opel an Bord.

»Der *Imperial Eagle* schwimmt ja immer noch«, ruft Ingo erfreut. Wenn der *Eagle*, die zum Inventar der Inselrepublik gehört, noch nicht der Verschrottung anheimfiel, dann ist noch alles beim alten auf der Repubblika Ta' Malta, die in den letzten Jahren so etwas wie eine Heimat für das Trio geworden ist: ein ideales Land, zwar dem Commonwealth, aber nicht der EG zugehörig, die Polizei wegen unkontrollierbarer Urlauberströme ständig überlastet, die Banken diskret wie die in Luxemburg, Liechtenstein oder der Schweiz; eine Geldwaschanlage sondergleichen. Für Herrn und Frau Schreiber aus Wuppertal, wie sich Ingo und Rita hier nennen, sind die Maltaaufenthalte natürlich vor allem Zwischenstationen zwischen Geschäftsleben und Alterssitz, und so dreht sich ihr Gespräch während der Überfahrt um Gartenmauern, die zu versetzen sind, und um moderne Einbauküchen, als das Signalhorn der *Ghawdex* baldiges Einlaufen in den Hafen von Mgarr ankündigt.

Ritas Bruder Harry hat das Anlegen des Schiffes vom Balkon der *Gleneagles-Bar* aus beobachtet. Er verabschiedet sich von seinen maltesischen Tauch- und Fischerfreunden, die geduldig seine holprigen Konversationsübungen erlitten haben, mit einer Runde Cisc Lager. Für sein *Hadt pjacir li rajtek!* erntet er freundliches Gelächter.

»Siehst blendend aus, Wassersportler«, begrüßt ihn Ingo. Harry nickt ernsthaft.

»Wir genesen halt langsam von den britischen Nebeln, den britischen Tafelfreuden und der viktorianischen Lustfeindlichkeit. Gleich nach oben?«

»Ja, klar, gleich nach oben. Ich bin völlig durchgeschwitzt.«

Der Motor des Mini muß ganze Arbeit leisten, um vollbesetzt, wie er ist, die Steigung der Asphaltstraße zu überwinden, die sich in mehreren Windungen zum Dorf Qala hinaufschlängelt. Beim Kauf des Hofes, von Harry bewerkstelligt, hat ebenfalls der Sicherheitsaspekt die ausschlaggebende Rolle gespielt. Der einzige Zugangsweg zum Grundstück ist vom Haupthaus aus leicht einzusehen, insbesondere unter Zuhilfenahme von Feldstechern und Nachtgläsern, und der direkte Nachbar ist ein Liebhaber von Rottweilern. Die Tiere sind zwar zahmer als Meerschweinchen, schrecken aber mehr ab als die Nager. Kaum ein Spaziergänger, von ungebetenen Besuchern ganz abgesehen, würde sich darauf einlassen, mit der Rotte zu spielen, wenn sie ihn bellend dazu auffordert. Mehr bedeutet das Bellen in der Regel nicht.

Außerdem befindet sich das Grundstück *The Fruitgarden* mit seinen Ställen und Nebengebäuden am Dorfende von Qala und liegt, von Bauerngärten umgeben und vollständig von einer Feigenkaktushecke umzäunt, auf dem höchsten Punkt des Bergrückens. So ist es wie ein Fort, scheinbar bewacht von den Rottweilern, und zugleich bietet sich von der Rückfront des Haupthauses ein Ausblick wie auf einem Touristikprospekt: über ein kunstvoll terrassiertes Tal, über Orangenplantagen und Weingärten auf das Panorama von Comino und die Nordküste Maltas am Horizont.

Trotzdem hält Willem van Holt, um allen Überraschungen vorzubeugen, die Mitarbeiterkartei der Brüsseler Konkurrenz pedantisch auf aktuellstem Stand und übermittelt sie dem Trio regelmäßig. Wie er sich die Informationen verschafft, bleibt sein Geheimnis. Niemand dringt in ihn; die Abwehr funktioniert, und das genügt.

Da kleine Geschenke auch bei geschäftlichen Dingen die

Freundschaft erhalten, hat Harry, während Ingo ein Bad nimmt und sich umkleidet, eine scharfe Knoblauchremoulade zubereitet und das gußeiserne Holzkohlenbecken auf die Veranda geschafft, den Sektkühler mit Eisstücken gefüllt und zu Ehren ihres Teamleaders den massigen Olivenholztisch gedeckt. In einem Bassin krabbelt allerlei Meeresgetier und harrt seiner Verwandlung in etwas, das sich euphemistisch Meeresfrüchte nennt. Loly, der einäugige Nachbar und Herr der Rottweiler, ein Mann, der sommers wie winters barfuß und mit ausgefransten Hosen umherläuft und als der geschickteste Fischer Gozos gilt, hat die Langusten in aller Frühe selbst gefangen.

Alles ist, wie es sein soll, wenn jemand seinen Urlaub auf Malta verlebt. Oder wenn man, wie Ingo angesichts der Fressalien denken muß, ein Geschäft vorbereitet, das im bürgerlichen Verständnis ein Verbrechen ist, obwohl es ja immerhin vier Personen gut ernährt.

»Köstlich, köstlich«, lobt er also und reinigt seine Finger in einer Schüssel mit lauwarmem Wasser, in dem, wie es sich gehört, Zitronenspalten schwimmen, »schmeckt doch anders als diese Tiefkühldinger. Kompliment, lieber Harry, scheinst ja außer Surfen noch andere Begabungen zu haben.«

»Allerdings.« Harry grinst anzüglich.

Obwohl es nach Sonnenuntergang merklich frischer wird, bleibt das Trio auf der Steinveranda vor dem Küchendurchgang sitzen, um das Festmahl mit altem Calvados zu beenden. Ingo hat seinen dicken Armeepullover übergezogen, Rita eine Wolldecke aus ihrem Zimmer geholt. Nur Harry scheint die kühle Abendluft nichts auszumachen, vielleicht, weil der Grill hinter ihm noch etwas Wärme abstrahlt.

Ingo hat die Füße auf die niedrige Kalksteinmauer des Gemüsegartens gelegt und nippt nachdenklich an seinem Digestif, neben sich ein Dutzend Farbvergrößerungen.

»Willem hat neue Fotos von dem Franzosen beschafft.«

Er wirft sie den anderen zu.

Der Killer hat, da sind sich alle einig, ein sympathisches, mediterranes Gesicht. Er ist von unkalkulierbarem Alter, aber wenn man die Stirnfalten berücksichtigt, wohl näher den Fünfzig als den Vierzig. In seiner eleganten Kleidung wirkt er wie der nette Oberkellner vom besten Haus am Platze. Er ist schlank und hat die Haarfarbe der Levante.

»Wir müssen in Zukunft, soweit es möglich ist, die Arbeitsgewohnheiten ändern. Auch unsere optische Erscheinung«, erklärt Ingo stirnrunzelnd. »Aus elementaren Gesundheitsgründen, nicht wahr?«

Harry nickt, legt die Bilder zurück.

»Der hat doch vor Jahren auch mal für Lin gearbeitet.«

»Richtig, mein Freund. Mit seiner tatkräftigen Hilfe hat die Ehrenwerte Bambusgesellschaft 1982/83 die Vietnamesen in Rotterdam überzeugen können, nicht unter Preis zu verkaufen. War mittlerer Völkermord, was damals ablief.«

Rita pfeift leise durch die Zähne.

»Das ist mir auch noch in Erinnerung. Monsieur ist wahrhaftig ein ernstzunehmender Faktor.«

»Durchaus«, sagt Ingo, »aber Willem hat versprochen, ihn so lange mit falschen Ködern in England zu beschäftigen, bis wir Berlin abgeschlossen haben.« Er schenkt sich aus der Flasche nach, dann redet nur noch er.

3

Ingo ist als erster auf den Beinen, relativ unverkatert sogar, was nach der Zecherei vom Vortag ein mittleres Wunder ist. Bis in die Morgenstunden haben Rita, Harry und er die Berliner Operation besprochen; angekocht, wie Willem es nennen würde. Bei einer Kanne Earl Grey und einer Fuhre leicht angekohltem Toast, den er ungeschickt über der offenen Gasflamme geröstet hat, betrachtet Ingo die Reste des Gelages; weder Harry noch Rita konnten sich entschließen, halbbetrunken noch Ordnung zu schaffen. Nach dem Essen vom Vorabend ist Ingos Frühstück nicht bloß dürftig, sondern geradezu nicht existent. Er verzehrt es trotzdem, denn in Rabat, wie die Einheimischen die Inselhauptstadt Victoria in ihrem semitischen Dialekt noch immer bezeichnen, kann man im Grunde genommen nicht frühstücken.

Mit fast nichts im Magen macht sich Ingo auf seinen kurzen Weg. Er entriegelt die Hoftür, schaltet die Alarmanlage aus und geht zum Maschendrahtzaun des Nachbargrundstücks, wo die vier potemkinschen Nachtwächter schon stummelschwanzwedelnd auf ihre Begrüßungsleckerli warten. Um nicht von oben bis unten abgeschlabbert zu werden, verfüttert Ingo die Fleischstücke gerecht über den Zaun hinüber und öffnet dann erst das niedrige Gartentor, um die Hunde zu streicheln. Als er in die Küche zurückkehrt, sind die Geschwister dabei, sich einen Picknickkorb für die St. Blas Bay zusammenzustellen.

»Will einer von euch mit?« fragt er sie.

»War Dienstag erst in Rabat«, sagt Rita, »wenn der Wind so bleibt, ist heute ideales Tauchwetter. Wir sind mit Toni verabredet. Er holt uns in Dahlet Qorrot mit der *Denfil* ab.«

»Okay, bis später also. Wo ist der Schlüssel?«

»Auf dem Beifahrersitz habe ich ihn zuletzt gesehen«, sagt Harry.

Loly ist schon vom Hafen zurück. Ingo winkt ihm aus dem rasselnden Mini zu, als er sich auf den Weg zur Hauptstadt macht. Obwohl der Nachbar Telefon besitzt, ist das sicherer.

Zwanzig Minuten später parkt ein entnervt fluchender Ingo direkt vor dem Telemalta-Büro in der Republic Street. Zweimal ist ihm der Motor ausgegangen, und als er einen der riesigen Zementlaster überholen wollte und wegen des Gegenverkehrs bremsen mußte, hat der Wagen erst nach einer Verzögerung Anstalten gemacht, die Fahrt geringfügig zu verlangsamen. Wütend steigt Ingo aus, läßt den Schlüssel wie inselüblich stecken.

Diesmal meldet sich der Portier irgendeines Hotels an der Nordsee. Willem hat es für besser erachtet, wenn Sun nicht allzuviel von ihren Geschäften mitbekommt, und obendrein mit Ingo einen unverfänglichen Code ausgemacht, falls jemand mithören sollte. Gelangweilte oder neugierige Hotelbedienstete betreiben diesen Sport regelmäßig, wie Ingo nur zu gut aus seiner Zeit im *Tantra King* in Goa weiß: Damals hat er durch Manipulationen an der Telefonanlage und durch die nachdrückliche Auswertung der so gewonnenen Informationen sein eher bescheidenes Managergehalt vervielfacht.

Ingo verlangt Mijnheer Schult. Nach einer Weile meldet sich Willem van Holt.

»Mijnheer Schult?« vergewissert sich Ingo sicherheitshalber, obwohl er den Dicken an seiner Stimme erkannt hat.

»Zu Diensten, Herr Steinmüller.«

Das also war Ingos neuer Name.

»Wo raten Sie mir abzusteigen?«

»Ich kann dem Herrn die Inter-Conti-Kette wärmstens empfehlen.«

Nicht weit vom Kudamm, eine gute Adresse demgemäß, die Ingo über das ungemütliche Berlin ein wenig hinwegtrösten würde.

»Alle Dokumente sind unterschriftsreif, Mijnheer Schult?« erkundigt er sich.

»Wir haben uns bemüht, alles Ihren Wünschen gemäß zu erledigen, Herr Steinmüller.«

Willem muß brillante Connections haben; Ingo wundert sich immer wieder darüber, aber da jeder von ihnen im Interesse seiner eigenen Sicherheit und zum Schutz der anderen nur so viel weiß, wie er für seine Arbeit braucht, wird er nie erfahren, auf welchen Wegen der Alte seine Deals einfädelt.

»Kann ich an unserem Terminplan festhalten, Mijnheer?«

»Ohne Abstriche, mein Herr, ohne Abstriche.«

Das bedeutet, Ingo und die Geschwister würden am übernächsten Montag abfliegen.

»Wie werden mir die Arbeitsunterlagen ausgehändigt?«

»Bemühen Sie bitte die zuständige Rezeption. Das Kennwort für die Aushändigung lautet: Reistafel.«

Auch das ist typisch Willem, eine Nachricht beim Hotelportier zu hinterlegen, was viel unverfänglicher ist als tote Briefkästen oder dergleichen Spielkram.

»Ich bedanke mich für Ihre Mühe und werde mich wie verabredet bei Ihnen melden.«

»Keine Ursache, Herr Steinmüller, war mir ein Vergnügen.

Zum Abschluß noch einmal sein neuer Name, damit er ihn sich einprägt, und Ingo kann auflegen.

Als Ingo das Portal am Ausgang der Telemalta-Telefongesellschaft passiert, um guter Laune den Mini zu besteigen und zum *Fruitgarden* zurückzufahren, wird er erwartet. Ein Sergeant der Malteser Polizei lacht ihm entgegen. Ingo mag keine Bullen, das liegt in der Natur seines Berufes, aber fröhliche Polizisten sind ihm ganz und gar zuwider, weil sie in der Regel Übles im Schilde führen. In Erwartung des üblichen *Na, was haben wir denn falsch gemacht* oder eines, was noch schlimmer wäre, *Na, sind wir nicht der Mann, der bei unse-*

ren Banken schwarzes Geld wäscht setzt auch er ein Lächeln auf, das er für nett hält, das wahrscheinlich aber höchst schräg wirkt. Der Beamte sagt nichts dergleichen. Er strahlt weiterhin wie ein Honigkuchenpferd und sieht dadurch aus, als hätte ihn sein Chief Inspector gerade über seine bevorstehende Beförderung in Kenntnis gesetzt. Tief befriedigt läßt der Polizist das Vorderteil des kleinen Morris mit dem gelben Nummernschild der Mietwagen auf und ab hüpfen.

Als Ingo zu ihm tritt, stellt er sich vor. Der Sergeant heißt Grech.

»Sie sollten das nicht durchgehen lassen, Sir«, kommentiert er sein Tun, »die Stoßdämpfer machen es nicht mehr lange.«

»Hab ich auch bemerkt, Sergeant. Wissen Sie, meine Frau hat den Wagen ausgesucht.«

Sergeant Grech nickt verständnisvoll. Er hat heute seinen guten Tag.

»Kenn ich, Sir, meine hat vorigen Monat einen Kühlschrank ...«

»Ach, ja.« Ingo setzt eine mitfühlende Miene auf. Nichts ist ihm so schnuppe wie die Ehefrauen maltesischer Polizisten, es sei denn, sie halten ihre Männer von der Arbeit ab. Dann deutet er auf die durchgezogene Linie am Straßenrand. »I'm awfully sorry, officer, war nur ein kurzes Gespräch. Die Schwägerin liegt im Krankenhaus und ...«

Sergeant Grech hat ebenfalls eine Schwägerin, über die es einiges zu berichten gibt. Der zukünftige Reviervorsteher, Generalinspekteur der Polizei oder was immer er bald sein wird, gibt sich als modern denkender Malti zu erkennen. Er hat nichts gegen Ausländer, sofern sie keine Terroristen, Drogenschmuggler oder Kidnapper, sondern devisenbringende Reisende sind. Die Anspielung ist klar. Terroristen oder Kidnapper hat er mit Sicherheit noch nie gesehen, aber ein paar

Devisen über das Bußgeld hinaus würde er nicht ablehnen. Seine Älteste verdiene sich in den Ferien immerhin auch ein ansehnliches Taschengeld in Schwager Michaels Familienpension, und ein Cousin aus Nadur habe in der Saison schon drei Mietwagen zu laufen. Man lebe eben vom Tourismus, meint der Sergeant und wirft einen nachdenklichen Blick auf die Sperrlinie.

Ingo greift schon nach dem Portemonnaie, aber entweder hat er die Ehrbarkeit des Beamten unterschätzt, oder dieser will den Preis hochtreiben. Grech jedenfalls verbreitet sich ausgiebig über die für die Jahreszeit äußerst angenehmen Temperaturen und das vielversprechende nächste Pferderennen, das man unbedingt gesehen haben müsse. Plötzlich tippt er zum Abschied an seine Uniformmütze.

»Falls es wieder mal dringend ist, Sir, weiter vorn ist kein Halteverbot.«

Ingo atmet auf. Der Officer ist nicht nur integer, er läßt sogar Gnade für Recht ergehen. Wahrscheinlich wird er wirklich Polizeichef und fühlt sich vor Stolz außerstande, etwas so Popeliges wie Strafzettel zu verteilen. Ingo bedankt sich artig für den freundlichen Hinweis und verspricht, ihn zeitlebens zu beherzigen. Dann endlich kann er die Handbremse lösen. Als er den Schlüssel ins Lenkerschloß schiebt, kommt der Sergeant noch einmal zurück. Vielleicht ist ihm noch etwas eingefallen, das ihn auf den Sessel des Ministerpräsidenten katapultieren wird, weil er Malta vor dem Bösen bewahrt hat.

»Wo wohnen Sie auf Gozo, Sir?«

»In Qala.«

»Versuchen Sie mal Joe's Garage in Nadur. Soll ein ordentlicher Betrieb sein. Hab nur Gutes gehört. Halten ihre Wagen in Schuß dort.«

Nun ist er es also doch noch losgeworden. Ingo nickt eifrig.

Wenn der Sergeant gebürtiger Gozitaner ist, dann mag er naturgemäß die Leute von drüben, von der Hauptinsel Malta, nicht besonders; und der braune Mini hat eine Zulassungsnummer aus Valetta. Oder Joe ist der berühmte Schwager, und wenn Ingo bei ihm einen Wagen leiht, würde er sogar auf dem Bürgersteig parken dürfen. Ingo nickt und nickt und fährt davon.

4

Eigentlich haben Rita, Harry und Ingo ausgemacht, mit der Chicken-ferry, dem *Imperialen Adler,* direkt in den Großen Hafen zu fahren. Der hehre Vorsatz scheitert schlicht an der frühen Abfahrtszeit des betagten Pendlers und an Harrys Verpflichtungen im Hotel *Calypso*. Ingo ist fast am Platzen, als Harry endlich auftaucht. Er sieht zufrieden aus und läßt die Strafpredigt gelassen über sich ergehen.

Während der Überfahrt mit der *Citadella* nach Cirkewwa sagt Ingo kein Wort. Wenn etwas ein Geschäft verderben kann, so ist es neben der Konkurrenz vor allem der Sexualtrieb der eigenen Leute. Ingo ist ein Fanatiker der Pünktlichkeit. Im Grunde muß ihm Harry recht geben; auch jeder anständige Killer, der sich den tödlichen Schuß für zwanzig Uhr dreißig vorgenommen hat, krümmt um zwanzig Uhr neunundzwanzig und dreißig Sekunden den Finger um den Abzug.

Von Cirkewwa fährt das Trio zum letztenmal mit dem Mini nach Valetta. Rita stellt den Wagen in Floriana ab, dann schlendern sie gemächlich durch den Botanischen Garten zum Tritonen-Brunnen vor dem City Gate. Ingo spricht wieder. Beim Verteilen der Aufgaben ist er rigoros wie immer.

»Rita erledigt die Tickets, du, Harry, treibst endlich einen vernünftigen Toaster auf, und ich spreche noch mal mit Willem. Um eins treffen wir uns alle, bitte pünktlich, im *British.*«

Es ist Harry, der wieder zu spät kommt, wenn auch nur eine Viertelstunde; vermutlich gibt es auf Malta statt Toastern nur Toasterinnen. Ingo macht ihm diesmal keine Vorhaltungen, dafür ist er in Gedanken schon zu sehr in Berlin. Die Terrasse des *British* ist bis auf den letzten Platz besetzt, von Engländern hauptsächlich, aber auch von maltesischen Geschäftsleuten, die, angeregt diskutierend, ihre Mittagsmahlzeit einnehmen. Die gestreifte Markise ist halb heruntergelassen, die Sonnenbrillen der Touristen reflektieren das Licht eines mediterranen Vorfrühlingstages, der viele nord- und mitteleuropäische Besucher Maltas nachdenklich stimmt. In diesem Licht, das die Konturen weichzeichnet, werden das Häuschen auf Hiddensee oder die Zweitwohnung in Bagshon-on-Bridge zu falschen Kaufentscheidungen.

Das Trio genießt noch einmal das Fehlen von Schneematsch oder Glatteis bei einer Flasche maltesischem Cabernet Sauvignon und bei Schwertfisch in Weinsud. Zum Dessert wird ein Semifreddo gereicht. Harry unterhält sich mit seiner Schwester leise über die nächtlichen Vorzüge einer finnischen Gespielin. Ingo hört es zwar, aber er ist nur mit halben Sinnen dabei. Seine Aufmerksamkeit gilt dem Gespräch zweier deutscher Nonnen am Nachbartisch.

Plötzlich steht eine von ihnen auf.

»Ach, bevor ich's vergesse«, sagt sie zu ihrer Begleiterin, »die in Steinverder wollen unbedingt ein Foto von dir.« Sie tritt ein paar Schritte auf die Brüstung zu. Die Weitwinkel-Pocketkamera schnurrt wie eine zufriedene Katze.

»Dann schieß ich auch noch eins von dir«, sagt die andere, »die Mutter Oberin sieht dich ja auch nicht allzuoft.«

Kurz bevor sie den Auslöser betätigt, hebt Ingo gut sichtbar das Magazin hoch, in dem er vorher geblättert hatte. »Die Nonne und der Playboy-Leser«, sagt er halblaut und für die Geschwister bestimmt, die aber nicht zuhören, »bei jedem Provinzfotowettbewerb würde das den ersten Preis gewinnen. In katholischen Gegenden als Beweis für die Versuchungen dieser schnöden Welt.«

Die Frauen haben ihre Dokumentationswut noch nicht befriedigt. »Eins ist noch drauf«, stellt die eine Nonne fest, Birgit heißt sie wohl, wenn Ingo sich nicht verhört hat. »Ich werde Joe bitten, uns zusammen aufzunehmen.« Zu Ingos Verwunderung spricht sie den Kellner in fließendem Maltesisch um den Gefallen an.

»Bil pjacir hafna!« erklärt der Kellner sich bereit.

Ein riesiges norwegisches Containerschiff wird um St. Angelo herum an seinen Liegeplatz bugsiert und lenkt Ingo von der Unterhaltung am Nebentisch ab; sie scheint ohnehin wieder geistlichen Charakters zu sein, und das interessiert ihn nicht.

»Übermorgen«, stellt er laut fest. Die Geschwister nicken.

Viertes Kapitel

1

Vera hatte sich für den frühen Samstagnachmittag mit Robert verabredet, um den Trödelmarkt im Humboldthain zu inspizieren. An einem Weg durch den Park, der parallel zur Gustav-Meyer-Allee verlief, waren zu beiden Seiten die Buden und Stände errichtet worden, an denen man tausenderlei nützliche und noch mehr sinnlose Gegenstände erwerben konnte. Schon beim ersten Buchverkäufer auf der linken Seite setzte Vera sich fest. Vera mochte alte Bücher, die nach Dachboden und ein bißchen auch nach Schimmel rochen, und der Mann bot vor allem Kuriositäten feil: eine deutschsprachige Ausgabe der Werke Stalins, Anfang der 50er Jahre in der DDR erschienen und die Bedeutung des Großen Führers dadurch betonend, daß der Einband mit Kunstleder bezogen war; ein Handbuch für den Pionierleiter aus derselben Zeit, mit einführenden Worten Stalins versehen, der wie alle Diktatoren sein Wort gern an die Jugend gerichtet hatte, weil die besonders begeisterungsfähig war; eine Sammlung der Reden Kim Il Sungs; ein Heideroman aus den 30er Jahren; ein Bändchen mit Anekdoten über Hitler aus der Frühzeit der NSDAP, herausgekommen, als die Nazis bereits da waren, wo sie hinwollten, an der Macht.

»Kauft das denn jemand?« erkundigte sich Vera.

»Klar. Es gibt genug Verrückte«, sagte der Verkäufer, ein junger, zottelbärtiger Mann. Vera hielt junge, zottelbärtige Männer für politisch linksstehend. Daß ein solcher Mensch Hitleranekdoten anbot, wollte ihr nicht in den Kopf.

»Und das hier?« Sie wies auf das Bändchen.

»Wenn's einer will, dann kriegt er es. Ich bin nicht wählerisch. Manche mögen solche Scheiße eben. Ich bin Verkäufer und kein Moralapostel.« Am Blick, den er auf Veras Schwesterntracht warf, war abzulesen, wen er für einen Moralapostel hielt.

Robert und Vera zwängten sich durch die Menschenmenge zu den nächsten Ständen. Der Trödelmarkt war so voll, daß er einen idealen Arbeitsplatz für Taschendiebe abgab. Robert zog vorsorglich seine Geldbörse aus der Gesäßtasche und stopfte sie in die Innentasche seiner Windjacke. Vera, die hinter ihm ging, studierte nachdenklich die Aufschrift *Chicago Bulls.* Wahrscheinlich war das irgendein berühmtes NBA-Team, wahrscheinlich würde es auch Robert nicht wissen.

Tische mit Musikkassetten, alten Schallplatten und CDs gab es mehr als genug. Sie wurden umlagert von den Fans und Sammlern, denen noch ein ganz bestimmtes Album fehlte, das aber nicht mehr auf dem Markt war. Robert und Vera teilten sich den Trödelmarkt auf. Vera trat an den ersten Tisch, Robert ging zum nächsten.

Der Stand, an dem Vera ihre Erkundigungen aufnahm, wurde von einem älteren Ehepaar betrieben, das etwas schmuddelig wirkte. Die Frau verkaufte gerade einem Jugendlichen eine Platte von *Ton Steine Scherben,* der Mann hatte im Moment nichts zu tun und kratzte sich zwischen den Beinen. Vera schaute ihm fest in die Augen.

»Ist Thoralf heute hier?« fragte sie; es sollte harmlos klingen, die beiläufige Frage einer Verwandten, aber Vera war zu aufgeregt und verhaspelte sich. Der Mann war sofort mißtrauisch und stellte das Kratzen ein.

»Welcher Thoralf? Wer soll'n det sein?«

»Na, der verkauft doch bei Ihnen.«

»Bei mir? Ach, nee. Hier verkaufen nur meine Frau un' ick.

Oder?« Der Mann wandte sich seiner Gattin zu. »Kennste vielleicht einen Thoralf?«

Die Frau nickte.

»Schulfreund vom Hannes«, sagte sie.

»Hannes ist unser Sohn«, erklärte der Mann.

»Und dieser Thoralf«, fragte Vera voller Hoffnung, »der hilft manchmal bei Ihnen aus?«

»Nee, wir machen det allet alleene. Personal is zu teuer, wa?« Der Mann lachte schrill. Das sollte ein Witz sein, aber Vera fand ihn nicht komisch.

»In welche Schule gehen denn Ihr Sohn und Thoralf?«

»Wat geht Sie det an?«

»Ich bin Lehrerin.«

»So? Sie sehn aber aus wie Heilsarmee. Und wenn Sie vonner Sekte sind, da brauchen Sie bei uns nich anzuklingeln. Da is total tote Hose bei uns.«

»Genau«, pflichtete seine Frau ihm bei. »Und sind Sie wirklich Lehrerin, Elterngespräch aufm Markt könn' Sie sich klemmen.«

Vera schoß ins Blaue.

»Ich arbeite am Martin-Luther-Gymnasium«, sagte sie.

»Wußt ick doch, daß Sie wat mit Gott zu tun haben. Nee, kommen Sie mir nich mit dem alten Opa da oben. Kaufen Sie wat oder gehn Sie weiter.«

Da Vera nichts kaufen wollte, mußte sie sich trollen. Der Name Thoralf war sicher keine Dutzendware, aber auch nicht so selten, daß es nicht zwei oder mehr von dieser Sorte geben konnte. Wahrscheinlich war der Schulfreund vom Hannes irgendein anderer Thoralf, und der bloße Zufall hatte soeben regiert.

Auch Robert hatte kein Glück gehabt. In der Zwischenzeit hatte er drei Tische und eine Bude abgeklappert, aber niemand kannte einen Jungen dieses Namens.

»Kann ja sein«, meinte Robert, »daß der Händler, bei dem Thoralf sein Taschengeld aufgebessert hat, heute gar nicht da ist.«

»Kann sein«, sagte Vera. »Bist du dir überhaupt sicher, daß es dieser Markt war?«

Robert schüttelte den Kopf.

»Nicht hundertprozentig.«

»Was wir hier machen, ist sicher sowieso Quatsch«, sagte Schwester Vera. »Ich meine, die Polizei wird schon das Ihre tun, um den Mörder ausfindig zu machen. Wir sollten uns da gar nicht einmischen.«

Robert schwieg. Ihm war anzusehen, daß er sich mit dem Gedanken, Polizist zu spielen, angefreundet hatte und nun enttäuscht darüber war, daß Vera so rasch aufgab. Vera lud den Schüler zum Essen ein. Zuvor knöpften sie sich aber noch zwei Stände vor, doch das Ergebnis blieb dasselbe.

Veras Abiturklasse hatte ihr kürzlich ein Restaurant in der Nähe der Schule empfohlen. Es hieß *Humboldtgarten* und war eine großflächige Freiluftanlage in der Nähe des Tegeler Sees. Vom Humboldthain zum *Humboldtgarten* war es allerdings nur in der Sprache ein Katzensprung. Vera holte ihren Saab aus einer Seitenstraße, während Robert noch eine letzte Bude aufsuchte. Dann fuhren sie gemeinsam nach Norden.

Was den *Humboldtgarten* so angenehm machte, war seine Weitläufigkeit. Es gab eine Ruhezone, in der die Gäste nicht unablässig mit Musik berieselt wurden, es gab das Gartencafé und das eigentliche Restaurant. Die Küche war ausgezeichnet, die handgeschriebene Speisekarte neben dem Eingang verriet gastronomische Kompetenz. *Wir sind bemüht,* hieß es da, *mit der Saison zu gehen und von Woche zu Woche wechselnde Schwerpunkte zu setzen. Turnusgemäß folgen französische, italienische und deutsche Gerichte. Das Kü-*

chenteam ist sich einig in der Ablehnung von Tiefkühlprodukten und Mikrowelle.

An einem Samstagnachmittag herrschte Hochbetrieb. Fast alle Tische waren besetzt, die Kellner rannten wie die Wiesel. Vera bestellte zwei Portionen Perlhuhn auf einem Bett von buttergedünstetem Fenchelgemüse, je eine Kugel hausgemachtes Mokkaeis zum Dessert, einen Espresso für sich, einen Cappuccino für Robert. Als sie sich umsah, bemerkte sie plötzlich, daß sich Garten und Restaurant nicht nur durch den Andrang von einem Wochentag unterschieden, sondern auch durch die zahlreichen Pavillons, aus denen heraus verkauft wurde. Vera entdeckte ein nachgemachtes Teehaus, in dem der Tee nicht getrunken, sondern verkloppt wurde, einen improvisierten Shirtshop und einen großzügig dimensionierten Stand für Musikkassetten und CDs. Veras linke Hand verharrte mit der Gabel in der Luft.

»Du, Robert«, sagte sie nur.

Robert drehte sich um. Den Jungen, der an diesem Stand arbeitete, kannte er. Es war Fred aus der Aikidogruppe.

2

Ingo trat entschlossen und selbstbewußt an die Rezeption des *Interconti Berlin*, gab sich als Herr Steinmüller zu erkennen und trug sich in das Gästeverzeichnis ein. Die Empfangsdame holte in der Zwischenzeit den Schlüssel aus seinem Fach, fragte, ob Herr Steinmüller einen Tisch fürs Abendessen zu reservieren gedenke, was Ingo ablehnte, dann schloß sie das Buch, ohne sich die Eintragung anzusehen.

»Für mich sind ein paar Unterlagen bei Ihnen deponiert worden«, sagte Ingo.

»Möglich«, sagte die Dame.

»Das Stichwort ist Reistafel.«

»Sehr wohl, Herr Steinmüller.«

Ingo bekam ein versiegeltes Päckchen in die Hand gedrückt und mußte eine Empfangsbestätigung unterschreiben, was er mit einem ausgiebig geprobten Schriftzug tat, der auch Steinmüller bedeuten konnte. Die Dame gab einem Pagen einen Wink, der stürzte sich sogleich auf Ingos Gepäck und schleppte es zum Aufzug. Ingo begab sich zum Zeitschriftenverkauf. Dort erwarb er zwei Stadtmagazine, die *Zitty* hießen und *Tip,* ein Fachorgan namens *Fitneßwelt* und alle verfügbaren Berliner Tageszeitungen. Beladen mit diesem Wust von Papier, fuhr er in den siebten Stock hinauf, schlenderte über den Flur zu seinem Zimmer, in dem schon sein Gepäck stand, warf den Stapel auf das Bett und schloß hinter sich ab. Obwohl das Tageslicht selbst zum Lesen noch gereicht hätte, schaltete er die Schreibtischleuchte an und überprüfte penibel die verschweißte Plastikfolie der Sendung. Sie war intakt. Dann erst riß er den Umschlag auf. Willem hatte wirklich an alles gedacht, an Geburtsurkunden, Schulzeugnisse, Pässe, sogar Religionszeugnisse nebst einer Freischwimmerurkunde für Harry. Von einem Personalausweis, ausgestellt vom Landeseinwohneramt Berlin, lächelte ihm eine um Jahre verjüngte Rita zu, die eine Modepunkfrisur trug. Ingo selbst hieß vom heutigen Tag an Walter, Harry wurde zu Bert, Rita zu Carmena.

Daß das eine gründliche Arbeit von dem Dicken war, mußte der frischgebackene Walter Steinmüller neidlos anerkennen, und er machte sich ans Überprüfen der Daten. Eine knappe halbe Stunde brauchte er dafür, ohne daß ihm auf Anhieb die geringste Unstimmigkeit aufgefallen wäre. Er öffnete den Zimmerkühlschrank, genehmigte sich einen Gin-Tonic und trat ans Fenster. Der Zoologische Garten unter ihm war selbst kurz vor Besuchsschluß noch voller Menschen. Hauptsächlich dort würde sich das Team treffen, wenn es etwas zu bereden gab. Ingo mußte an England und die gebeutelten Belgier denken und beschloß, daß das Kleine Raubtierhaus der stilvollste Treffort war.

3

Fred war überhaupt nicht verlegen, als Robert und Vera auf ihn zutraten, und Schwester Vera fragte sich, warum sie das erwartet hatte. Der Junge hatte einen kleinen Nebenverdienst aufgetan, und das war nichts Strafbares, ja nicht einmal etwas Verwerfliches. Wahrscheinlich sah sie schon Gespenster.

»Tag, Schwester Vera«, begrüßte Fred seine Lehrerin. »Hallo, Robert.«

Vera nickte dem Jungen zu.

»Läuft's Geschäft?« wollte sie wissen.

»Klar.« Fred strahlte. »Wir haben ein gutes Angebot. Bitte, überzeugen Sie sich selbst.«

Schwester Vera wühlte ein bißchen auf dem Tisch herum, nahm die eine oder andere Kassette in die Hand, aber das wenigste sagte ihr etwas. Robert hingegen schien etwas gefunden zu haben. Er betrachtete eine CD von beiden Seiten, vermutlich, weil er ein Preisschild suchte.

»Fünfundzwanzig«, sagte Fred.

Robert dachte nach, Vera schaute ihm über die Schulter. Die Band, für die sich ihr Braungurt interessierte, hieß *Voices of Neucoelln*. Schwester Vera zuckte nur die Schultern.

»Lieber nicht«, sagte Robert und legte die CD zurück.

»Dreiundzwanzig fünfzig«, machte Fred ein Angebot.

Robert schwankte. Schwester Vera nahm ihm die Entscheidung ab. »Sag mal, Fred, machst du das schon lange hier?«

»Nee, seit zwei Wochen. War ein Zufall. Hat mir ein Schüler aus der Parallelklasse vermittelt. Der Ollrich, wissen Sie?«

»So, so. Weißt du, ob der Thoralf aus der Zwölf B auch hier mitgeholfen hat?«

»Der umgebracht worden ist?«

Vera glaubte, für einige Sekunden einen Ausdruck des Erschreckens in Freds Gesicht zu erkennen, aber wahrscheinlich täuschte sie sich.

»Wieso?« fragte Fred. »Wie kommen Sie darauf?«

»Nur so. Es heißt doch, er habe auch getrödelt.«

»Heißt es so? Ich kannte den gar nicht richtig. Kann sein, kann nicht sein. Soll ich mich mal erkundigen?«

»Nein, laß das nur. Ist nicht so wichtig.«

»Doch«, fiel ihr Robert ins Wort. »Fragen kostet nichts.«

Schwester Vera winkte ab. Am besten wäre es, wenn sie jetzt ihre Rechnung beglich, Robert in ihren Wagen lud, ihn nach Hause chauffierte und sich selbst ebenfalls. Sie hatte genug zu tun, ihren Unterricht am Montag vorzubereiten und das Sportfest, und falls sie doch zur vom Bischofsamt einberufenen Konferenz der Religionslehrer ging, was sie noch immer nicht genau wußte, so konnte sie auch dort nicht antanzen, ohne sich zuvor einige Notizen gemacht zu haben. Außerdem wartete ein Buch auf sie, das ihr die Mutter Oberin aus Steinverder geschickt hatte, eine Anthologie japanischer Kurzgeschichten. Eine Anthologie japanischer Kurzgeschichte war es wert, den Mord einfach zu vergessen.

»Fred«, nahm Vera wider besseres Wissen einen neuen Anlauf.

»Ja?«

»Wer betreibt eigentlich diesen Stand?«

»Irgendein Fitneßheini vom Kudamm«, sagte Fred. »Den sieht man aber nur selten. Hat seine Leute.«

»Fitneß und Musikkassetten? Komische Zusammenstellung.«

»Na, manche haben 'ne Immobilienmaklerei, 'ne Zeitung und 'nen Sportklub. Das findet auch keiner komisch.«

»Hauptsache, es bringt was ein, nicht?«

»Genau«, meinte Fred. Dann hatte er eine Kundin zu bedienen.

4

Die Prominenz von Kreuzberg war schwer beschäftigt. Kippen-Else drehte ihre Frührunde und beförderte die aufgeweichten Zigarettenstummel mit der Gummispitze ihres Krückstocks in den Rinnstein der Sorauer Straße, Trecker-Becker tuckerte mit einem Anhänger voll lädierter Schaufensterpuppen und Syphteppichen zum Görlitzer Bahnhof, und auch die Namenlosen zogen ihre unerforschlichen Bahnen. Ehemalige Taxen verpesteten die Luft, rostige Taigahüpfer namens Lada täuschten die Passanten, indem sie die Geräusche von Dieselmotoren imitierten, bärtige Soziologiestudenten, die erfolgreich das sechzehnte Semester absolvierten, lenkten die Gefährte, oder zwanzigjährige Gruftijünglinge nebst Gefährtin, die Kimonos trugen und trotzdem nicht japanisch aussahen, sondern blöd. Seit dem Verlust seiner von den Nazis erfundenen Postleitzahl war SO 36 endgültig zum Museum geworden, und eine kleinkarierte Terrorgruppe namens *Klasse gegen Klasse* bewachte eifersüchtig die Ausstellungsobjekte. Ihre Methoden unterschieden sich zwar von denen herkömmlicher Museumswächter, die Mentalität aber nicht.

Harry und Rita hatten sich eine Bleibe in Kreuzberg zugelegt, in einer Gegend, wo niemand dumme Fragen stellte, wenn man häufig um vier Uhr morgens in Begleitung nach Hause kam und erst gegen Mittag Frühstücksbrötchen vom Bäcker holte. Im Gegenteil, das war das unauffälligste Verhalten, das man hier an den Tag legen konnte.

Ingo blickte aus dem Fenster der Parterrewohnung in einen idyllisch gemeinten Großstadtmorgen, schüttelte sich und nahm wieder Platz. Ein solches Ambiente konnten wirklich nur deutsche Provinzbubis schick finden oder Leute, die so besoffen waren, daß sie nichts mehr sahen. Wenn es die Arbeit nicht verlangte, würde Ingo keinen Fuß hierher setzen. Seufzend schaute er auf seine Schuhe. Auch in die obligatorische Hundekacke war er schon gelatscht.

Das Trio saß sich an einem runden Tisch gegenüber und schuftete seit Stunden. An der Wand über ihren Köpfen hing eine riesige Berlinkarte, in der verschiedenfarbige Fähnchen steckten, Berge von Zeitschriften, Zeitungen und Adreßbüchern bedeckten den Tisch, ein stationäres und ein Funktelefon waren darunter verborgen. Harry betätigte sich als Schriftführer. Er fertigte auf seinem Taschencomputer eine Liste mit den Anschriften von Körperstudios, Fitneßcentern und Sportlehrern an, die die anderen ihm zuriefen.

In einer kurzen Arbeitspause erledigte Ingo ein Telefonat, legte den Hörer auf die Gabel zurück und strich einen weiteren Punkt auf der Erledigungsliste ab.

»Die Büroeinrichtung wird übermorgen angeliefert«, teilte er den anderen mit.

Harry rieb sich die Augen und klappte den Kleincomputer zu.

»Könnt ich annehmen, bin sowieso in der City«, sagte er.

Ingo schüttelte den Kopf.

»Bleib besser von Anfang an weg von der Schlüterstraße.«

Rita schob gähnend ihren Stuhl nach hinten, beugte sich vor und fischte in der Tischmitte nach dem Autoschlüssel.

»Ich geh mich jetzt neu einkleiden. Ist das der Opel?«

Harry wühlte in seiner Jackentasche.

»Ja, meinen hab ich.«

»Richte es so ein, daß du bis Mittag in der Stadt bist, der Drucker wollte die Visitenkarten ab zwölf vorbeibringen«, rief ihr Ingo nach.

Harry hatte etliche Annoncen in der *Zitty* mit Filzschreiber rot markiert.

»Wo liegt Rudow, Ingo?«

Der Befragte drehte sich zur Karte um.

»Ganz unten im Süden«, sagte er nach längerem Suchen, »genauer gesagt, im Südosten, Bert!«

»Sorry, Herr Steinmüller«, knurrte Harry, »aber vielleicht stößt meine Unachtsamkeit ja noch mal auf Verständnis. Ich sitze jetzt nämlich genau drei Stunden vor dieser verdammten Flimmerkiste und brauche langsam was zum Beißen. Und vernünftigen Kaffee, nicht diese saumäßige Instantbrühe.«

Ingo steckte die Liste ein, die Harry ihm ausgedruckt hatte, und stand auf.

»Gute Idee, laß uns zum Kudamm fahren, meine Kontaktlinsen sind heute fertig.«

Ein klitzekleiner Schnitzer war Willem bei aller Umsicht nun doch unterlaufen. Im Paß war Steinmüllers Größe mit hundertzweiundsiebzig Centimetern korrekt angegeben, aber als Augenfarbe Braun.

Ingo war froh, die Bleibe der Geschwister wieder in Richtung auf die Zivilisation verlassen zu können. Dieses Kreuzberg deprimierte ihn immens.

5

Vera hatte sich in ihre Wohnung zurückgezogen, sich einen Tee gekocht und an ihrem Schreibtisch Platz genommen. Draußen regnete es wieder einmal, und sie hatte ihre Schreibtischlampe einschalten müssen, damit sie in dem Halbdunkel überhaupt etwas sah. Vor ihr auf dem Tisch lag die Einladung zur bischöflichen Diskussionsrunde: *Braucht die Jugend noch die Kirche?* Nachdem Vera die Frage ein paar Minuten lang angestarrt hatte, wußte sie, daß ihr dazu vorerst nichts einfallen würde.

Auf den Hof des Gemeindehauses fuhr ein Wagen. Schwester Vera stand auf, öffnete das Fenster und schaute hinaus. Eigentlich war sie ja nicht neugierig, und sie fühlte sich wie eine der gelangweilten Rentnerinnen, die ständig am Fenster hingen.

Aus dem blauen Opel, der in die Lücke neben ihren Saab gerollt war, stieg Thomas Binder. Wenig später kletterte auch der Hauptkommissar von der Mordkommission vom Fahrersitz. Vera würde also in wenigen Augenblicken Besuch bekommen.

Thomas Binder schaute zu Veras Fenster hoch. Er lächelte und winkte, als er seine ehemalige Lehrerin ausmachte. Der Hauptkommissar folgte Binders Blick, aber er lächelte nicht.

Vera öffnete die Wohnungstür. Sie hörte die Schritte der beiden Männer auf der Treppe. Der Hauptkommissar hatte die Führung übernommen.

»Tag«, sagte er auf der letzten Stufe. Er mußte zu Vera aufblicken, aber er sprach von oben herab.

»Kommen Sie herein.« Schwester Vera machte eine einladende Geste in die Diele. Der Hauptkommissar betrat sie nicht, er stürmte sie. Als Thomas Binder Vera die Hand gab, war er schon im Wohnzimmer, und als Binder und Vera ihm gefolgt waren, saß er bereits.

»Nette kleine Wohnung«, meinte er, um irgend etwas von sich zu geben. Daß ihm in Wahrheit ein Schwesternheim als einer der unwirtlichsten Orte der Welt erschien, war ihm deutlich anzusehen. »Was gibt's denn Neues?«

»Das würde ich Sie gern fragen«, gab Vera zurück.

»Mich? Aha.« Der Hauptkommissar betrachtete den Schreibtisch. »Viel Arbeit?«

»Allerdings.«

»Frau Veltheim, mal muß man sich auch erholen. Spazierengehen und Tauben vergiften im Park.« Er lachte.

»Bitte?«

»Darf ich mich setzen?« fragte Thomas Binder.

Schwester Vera nickte. Sie ließ den Hauptkommissar nicht aus den Augen. Der Mann führte etwas im Schilde, und bei ihm konnte das nichts Gutes sein.

»Sie sollen eine gute Lehrerin sein«, behauptete er, »Ihre Schüler verehren Sie, Ihre Kollegen verehren Sie, die Aikidoleute verehren Sie. Fast könnte man den Eindruck bekommen, Sie seien eine Heilige. Nein, wie Sie sich aber auch um jeden kümmern. Fördern und fordern, nicht wahr? Um einen besonders. Man sieht Sie ja ständig in seiner Begleitung.«

Vera war sprachlos. Der Mann unterstellte ihr etwas, das völlig aus der Luft gegriffen war.

»Ich habe keine Vorzugsschüler«, sagte sie kühl.

»Herr Binder hat mir erzählt, daß Sie in der Tat sehr gerecht sind.« Der Hauptkommissar fuhr mit dem Zeigefinger über die Tischplatte. »Sie haben auch immer ein offenes Ohr für die Probleme Ihrer Schüler. Mir gefällt das gut. Und ich möchte wissen, was Sie mit dem offenen Ohr alles gehört haben in letzter Zeit. Allerdings sind auch Ihre Augen für mich von unschätzbarem Wert.«

»Ich habe nichts gehört.«

»Nichts? Aha. Nichts also. Rein gar nichts.«

»Hören Sie.« Vera mußte sich sehr beherrschen.

»Ich höre immer.«

»Es gibt keinen Anlaß, mich mit Ihrem Besuch zu behelligen. Was ich weiß, habe ich Ihnen zu Protokoll gegeben. Es war nicht viel, genau genommen war es nichts, und daran hat sich nichts geändert.«

Der Hauptkommissar massierte seinen Hals. Er zog eine Grimasse, die halb verschwörerisches Einverständnis, halb Enttäuschung signalisierte und so falsch war, wie sie nur irgend sein konnte. Dann zog er eine Zigarettenschachtel aus der Jackentasche, schaute sie sich an und steckte sie wieder ein. Er sagte nichts mehr, bis das Schweigen peinlich wurde. Erst Thomas Binder brach es.

»Sehen Sie, Schwester Vera, wir tappen noch immer im dunkeln, und ...«

»Wir tappen nirgendwo«, fuhr ihm der Hauptkommissar in die Parade. Zum erstenmal sah er Vera voll an. »Robert hat Ihnen nichts erzählt? Sie ziehen doch ständig mit ihm um die Blöcke.«

»Ihre Frechheit ist maßlos«, rief Vera, und ihre Stimme überschlug sich fast. Der Hauptkommissar hob begütigend die Hände.

»Nichts erzählt also?«

»Was soll er mir denn erzählt haben?«

»Nun«, sagte der Hauptkommissar gemütlich, »daß auf den Schulparties gekifft wird beispielsweise.«

»Hat er nicht. Außerdem, was hat das mit dem Toten zu tun?«

»Das frage ich Sie.«

»Mich?«

»Mich auch.«

Schwester Vera war so aufgebracht über diese inquisitorischen Fragen, daß sie einfach den Raum verließ und sich im Bad einschloß. Sie wusch sich Hände und Gesicht mit kaltem Wasser und wartete eine Weile, bevor sie die Spülung betätigte. Die Eltern des Toten, seine Mitschüler, seine Lehrer waren viel näher an ihm dran gewesen als sie, und trotzdem kam dieser widerliche Polizeibeamte ausgerechnet zu ihr. Es war Vera unmöglich, das zu begreifen.

Daß man sich auch einmal erholen müsse, hatte der Kommissar gesagt. Vielleicht sollte sie wirklich über das nächste Wochenende wegfahren; wenn schon nicht nach Japan, so zumindest nach Steinverder.

Als sie in ihr Wohnzimmer zurückkehrte, stand der Beamte neben ihrem Schreibtisch. Thomas Binder hatte sich nicht gerührt. Er sah betrübt aus, und es war ihm nicht angenehm, daß Vera so gequält wurde.

»Kiffen«, sagte Vera entschieden, »das kommt bestimmt mal vor. An unserer Schule wie anderswo. Ich bin gewiß dagegen, aber was nützen schon Verbote. Das müßten auch Sie wissen. Wir reden ja im Unterricht über Drogen. Zwei Deutschstunden habe ich dem Thema gewidmet. Wir haben das also ziemlich gründlich behandelt.«

»Aha.«

»Sagen Sie nicht dauernd aha.«

Der Hauptkommissar setzte sich wieder.

»Aha werde ich nicht mehr sagen. Frau Veltheim?«

»Ja?«

»Sie waren heute mit Robert im Humboldtgarten?«

»Woher wissen Sie das?« Schwester Vera wurde plötzlich unbehaglich zumute. Daß sie unter Beobachtung stand, hätte sie nicht gedacht.

»Weil ich auch dort war. Zufällig. Ich wollte zu Mittag essen.«

Den Zufall nahm Vera ihm nicht ab. Auch die Kripo mußte bei ihren Ermittlungen darauf gestoßen sein, daß Thoralf bei diesem Musikalienhändler ausgeholfen hatte; das war sicher nicht schwer gewesen, und da Musik auch eine Droge sein konnte, verdächtigte man den Jungen vielleicht des Handels mit berauschenden Tönen. Den Gedanken fand Vera derart komisch, daß sie plötzlich lachen mußte.

»Nanu«, der Hauptkommissar hatte sich Thomas Binder zugewandt, »meine Witze kommen Frau Veltheim sicher abgeschmackt vor, aber nun lacht sie völlig unmotiviert los. Oder ist etwas an mir, das Ihre Lachmuskeln reizt?«

»Schwester Vera«, versuchte es Thomas Binder erneut, »gibt es wirklich nichts, was für uns wichtig sein könnte? Sie sollen ja niemand denunzieren, aber versetzen Sie sich in unsere Lage. Ein Mord ist kein Pappenstiel.«

»Papperlapapp«, ergänzte der Hauptkommissar.

Aber Vera schüttelte bloß prustend den Kopf.

»Wir gehen dann«, entschied der Mann vom Mord.

Vera brachte ihre Besucher zur Tür. Sie hatte sich beruhigt, aber diese Ruhe war trügerisch, und der Lachkrampf konnte jederzeit erneut beginnen.

»Ich habe von Robert erfahren, daß der Tote, also daß Thoralf manchmal Musikkassetten und CDs verkauft hat. Eben in jenem Humboldtgarten.«

Es schien, als wußte der Hauptkommissar das nicht nur, sondern als wäre er bereits einen Schritt weiter.

»Und da wollten Sie sich mal eben ein bißchen umschauen dort?«

Vera nickte.

»Aha«, sagte der Beamte. Das war seine Form des Abschieds. Vera knallte die Tür zu.

6

Harry hatte Ingo am Kudamm abgesetzt und in der Lietzenburger Straße sogar einen Parkplatz gefunden, von dem aus er die Studios in Citylage zu Fuß erreichen konnte. Die meisten von ihnen sollten, nach ihrer Werbung zu urteilen, ab neun Uhr vormittags geöffnet haben.

Das *Fitneßland* stand als Position eins auf Harrys Liste. Schon die Eingangstür mit den Marmorportalen verriet ihm, daß es sich um eine Nobeladresse handeln mußte; vermutlich kräftigten hier irgendwelche Yuppies ihre Muskeln, damit sie ihre Kunden umso nachdrücklicher mit einer kapitalbildenden Lebensversicherung von aberwitziger Laufzeit betrügen konnten. Harry betrat einen gläsernen Aufzug und ließ sich in die dritte Etage transportieren. Die Tür öffnete sich, und damit auch Blinde den richtigen Ausstieg nicht verfehlten, klang eine leise Glocke.

Der Vorraum, in dem Harry nun stand, verriet nicht, welche Art von Dienstleistung angeboten wurde. Rock aus der Retorte, weich wie ein Papiertaschentuch, gaukelte dem Besucher vor, die Verwandlung eines Hänflings in ein Muskelpaket sei eine ausgesprochen unanstrengende Sache, Halogenscheinwerfer an den Wänden verbreiteten ein weiches Licht, und weich wirkten auch die Sitzgruppen, die aus Ledersesseln bestanden. Hinter dem Bürotresen, der den Empfang darstellte, saß eine solariumsgebräunte Schönheit im Lacoste-Outfit.

Bereits vom Empfangsraum sah Harry durch Glaswände in die Übungsräume. Für die frühe Zeit war erstaunlich viel Betrieb. Menschen, die sich bemühten, selbst unter der größten Pein noch fröhlich zu wirken, zerstörten ihre Gesundheit an Kraftmaschinen oder beim Stretching.

Harry begrüßte die Lady, die wie Jane Fonda aussehen

wollte, mit seinem gewinnendsten Lächeln, er lehnte sich lässig auf den Tresen und ließ den Arm mit der Rolex hinüberbaumeln. Die Empfangssekretärin beeindruckte das nicht, offenbar sah sie jeden Tag solche Zuhälteruhren. Auch sie lächelte für den neuen Kunden und ihr Zahnweiß.

»Ich möchte etwas für meine alten Knochen tun«, erklärte Harry, »haben Sie da vielleicht eine Idee?«

Lacostine kicherte. Natürlich hatte sie sofort erkannt, daß Harrys Knochen weder alt noch für Osteoporose disponiert waren, und auch der ihren Körper taxierende Blick des Mannes war ihr nicht entgangen.

»Darf ich Ihnen zuerst unser Komplettangebot erläutern?«

Sie durfte. Allerdings erläuterte sie nichts, sondern gab Harry eine Hochglanzbroschüre, die er unbeachtet wegsteckte.

»Ich bin allerdings nur noch drei Monate in Berlin, können wir da was machen?« Harry ließ den Blickkontakt nicht abreißen. »Ich bezahle selbstverständlich«, fügte er mit einem Augenzwinkern hinaus, »im voraus für das... Komplettangebot.«

Lacostine hatte einen Vierteljahresvertrag parat, den Harry ungelesen ausfüllte und unterschrieb. Dafür benutzte er einen silbernen Parker, der nun doch die Aufmerksamkeit der Empfangssekretärin erregte. Aber am meisten gefiel ihr das Bare, das Harry seiner wohlgefüllten Brieftasche entnahm. Das Studio war fast so teuer wie eine operative Geschlechtsumwandlung; die jedoch zahlte bei nachgewiesenem Bedarf die Kasse.

Die Markenfrau erhob sich geschmeidig aus ihrem Drehsessel und federte zur Haussprechanlage. Harry nahm an, daß sie nach Feierabend heimlich alle Geräte ausprobierte. Der Trainer, den sie ausrief, hieß Boris. Daran, daß das liebste Kind der Deutschen vom Tennisstar zum Muskelbildner abgestiegen war, mochte Harry nicht glauben. Es bestand auch kein Anlaß dazu.

»Boris war mal Mister Europe«, sagte Lacostine.

»Donnerwetter«, sagte Harry.

Wie man einen Mister Europe kürte, wußte er nicht. Er jedenfalls hätte dem Mann, der aus einem der Krafträume trat, den Titel sofort aberkannt. Auch im Kraftraum wurde Musik gedudelt; Harry hörte Hantelklirren, das Quietschen von Scharnieren und ein dezentes *Like a bridge over troubled water.*

»Boris, würdest du bitte einem neuen Mitglied das Institutsangebot erläutern und den Herrn herumführen?« Das war keine Frage, das war ein Auftrag. Boris nickte, das Krokodil wippte auf den Drehsessel zurück.

Auch der Mister Europe im Ruhestand hatte es mit künstlichem UV-Licht und mit den Reptilien.

»Mein Name ist Boris«, stellte er sich überflüssigerweise vor. »Willkommen im Fitneßland.«

Harry drückte fest die ausgestreckte Hand des Kraftsportmeisters, den er noch um Handbreite überragte. Boris trat einen Schritt zurück und musterte sein Gegenüber von Kopf bis Fuß, als ob er ihn auf einem Sklavenmarkt verhökern wollte.

»Sie sind gut in Form«, leistete er sich ein Kompliment.

»Kann leider nicht mehr soviel machen wie früher, das liebe Geldverdienen, Sie verstehen.«

Boris verstand nach einem Blick auf den Vertrag.

»Na, dann werden wir uns für die drei Monate was einfallen lassen«, meinte er jovial und betastete Harrys Rücken. »Die Trizeps sind ein wenig unterdimensioniert.«

Harry nickte.

»Waden auch.«

Boris öffnete die Tür zum Body-Bereich, ließ dem Kunden den Vortritt.

»Ich heiße übrigens Bert«, sagte Harry, der nichts so sehr verabscheute wie diese ewige Duzerei.

»Boris.«

Sie gaben sich nochmals die Hand.

7

Schwester Vera hechtete los. Sie hatte das Unheil kommen sehen und noch Stop gerufen, aber ihre Warnung war zu spät gekommen. Da sich Vera ganz am anderen Ende der Halle befunden hatte, richtete auch ihr körperlicher Einsatz nichts mehr aus. Richard, einer der Zwillinge aus ihrer Aikidogruppe, schrie auf.

»Verdammt!« brüllte er seine Trainingspartnerin Hanna an. »Bist du verrückt geworden?«

Hanna hielt erschrocken inne.

»Oh, Verzeihung, das habe ich nicht gewollt.«

Richard massierte sein malträtiertes Handgelenk. Vera kam quer über die Matte gerannt.

»Alles okay?«

»Es geht schon wieder, Schwester. War mehr der Schock als der Schmerz.«

Schockiert war auch Hanna, und sie brachte nun kein Wort mehr heraus.

»Das war heute das dritte Mal«, nahm Vera ihre Schülerin Maß. »Konzentriere dich gefälligst etwas besser!« Schwester Vera betastete Richards Handgelenk und hielt dem Jungen ihren rechten Arm hin. »Scheint nichts passiert zu sein. Greif mal zu.«

»Wirklich, es geht schon wieder«, wiederholte Richard.

»Halt die Stelle trotzdem für eine Minute unter Kaltwasser.«

»Es schmerzt überhaupt nicht mehr.«

»Keine Widerrede, mein Lieber, du gehst und machst, was ich dir gesagt habe. Robert!«

Robert kam herbei und verschwand mit dem Blessierten in Richtung Dusche, Vera setzte sich zu Hanna auf die Matte.

»Ist dir eigentlich bewußt, daß du ihm fast das Gelenk gebrochen hättest?«

Das Mädchen wurde rot im Gesicht.

»Ich ... ich ...«, stotterte sie.

»Nimm dich wenigstens die letzten zehn Minuten zusammen.«

Hanna nickte. Schwester Vera klatschte in die Hände, die Partner wechselten. Diesmal war ein sehr kräftiger, untersetzter Junge aus der elften Klasse der Angreifer. Hanna wehrte ihn ab. Und wieder griff sie falsch zu.

8

Harry schaute auf die Uhr. Er hatte noch genug Zeit bis zu seinem Treffen mit Rita im *Café Rosimon,* so viel Zeit sogar, daß er noch einige Sportschulen und Studios im Norden Berlins aufsuchen konnte.

Juaikan hieß eine der Schulen, die er sich aus der Anzeigenflut herausgepickt hatte, weil es dort neben den exotischen Kampfkünsten auch eine große Abteilung für Bodybuilding zu geben schien.

Der Reinickendorfer Ortsteil Tegel befand sich fast vor den Toren Hamburgs, wie Harry an Hand des Stadtplans grimmig feststellte, so daß er sicherheitshalber an die nächste Tankstelle fuhr, um nicht mitten auf der Stadtautobahn mit leerem Tank liegenzubleiben. Dann brauchte er aber doch nicht so lange, wie er befürchtet hatte.

Eine riesige Reklametafel über dem Eingang der Sportschule zeigte einen glatzköpfigen asiatischen Mönch, der im Schnee unter einem Wasserfall meditierte, unter diesem Mönch versprach ein Werbetext Klarheit und Kraft. Es gab weder eine Empfangslady noch Chrom oder Edelholz. Letztlich mußte das nichts bedeuten; Sportler, die, ob nun Profis oder Amateure, den Erfolg um jeden Preis suchten, gab es nicht nur in den Nobeletablissements, sondern auch in jeder Provinzklitsche. In dem kleinen, unauffälligen Vorraum telefonierte gerade ein Mann in einem Judoanzug, der einen Schwarzgurt trug. Harry wappnete sich mit Geduld.

»Nein, die Vorkämpfe sind um sechs«, erklärte der Judoka jemandem und hörte dann eine Weile zu, »doch wenn mein Handgelenk bis dann wieder mitspielt, starte ich auch... Nein, bloß verstaucht... Bis bald, tschüß!« Er legte auf und sah Harry entschuldigend an. »Pardon, das war ein Ferngespräch mit den Göttern der Judo-Bundesliga. Bei uns ist wegen der Meisterschaft am Wochenende alles in Aufruhr. Aber womit kann ich Ihnen behilflich sein?«

»Ich werde im Sommer nach Berlin ziehen, nach Hermsdorf, genauer gesagt«, sagte Harry, »und wollte wieder was machen, um nicht vollends abzuschlaffen.«

»Vollends?« fragte der Judoka. »Sie sehen mir nicht so arg gebrechlich aus.«

Harry mußte lachen. »Alles nur Fassade im Moment. Jogge ein bißchen und geh schwimmen.«

»Und früher?«

»Auch Judo, bis zum ersten Dan und zur ersten Meniskus-Operation, danach mehr Boxen und Krafttraining. Aber Kampfsport interessiert mich weniger. Wie ist denn das Fitneß-Body-Paket, mit dem Sie werben?«

»Steht alles hier drin.« Erneut bekam Harry eine Hochglanzbroschüre in die Hand gedrückt. »Kannst du mitnehmen.« Auch geduzt wurde Harry plötzlich wieder. Wahrscheinlich war das unter Sportlern so üblich. Er zuckte die Schultern und verstaute die Broschüre in seiner Jackentasche.

»Wenn du nicht auf Wettkampf aus bist«, fügte der Judoka hinzu, »dann solltest du dir unseren Kurs ansehen. Die haben gerade Dan-Prüfung.«

Wie der Kurs hieß, hatte Harry nicht verstehen können, denn hinter der Wand, die den Empfangs- vom Übungsraum trennte, hatten ohrenbetäubende Fallübungen begonnen.

»Da hinten kannst du zuschauen. Sieht zwar so aus, ist aber keine Selbstverteidigung im herkömmlichen Sinn. Ich mache sonst auch mit. Als Ausgleichssport quasi, aber heute schone ich mal besser meine Hand für das Turnier.«

Wenn man sich dabei die Hand verstauchte, schien das kein besonders freundlicher Ausgleichssport zu sein. Harry trat an die bruchsichere Scheibe. Etwa zwanzig Männer und Frauen rannten durch den Raum und sprangen alle paar Meter so hoch, wie sie konnten, drehten sich in der Luft und landeten dann krachend mit einer Körperseite flach auf dem gepolsterten Schwingboden. Daß es sich um Fortgeschrittene handelte, bewies die Eleganz, mit der diese Leute nach dem harten Aufkommen wieder in den Stand federten. Nach der Fallschule fingen die Schwarzgurtprüfungen an. Harry mußte ein wenig lächeln, als er die tänzerischen Bewegungen der Sportler beobachtete. Um Judo jedenfalls handelte es sich nicht, um Karate ebensowenig. Es war etwas, das Harry noch nie gesehen hatte, und wenn er es mit dem harten Training seiner Judo-Zeit verglich, kamen ihm Zweifel, ob es sich überhaupt um einen Kampfsport handelte. Andererseits bedurften die Würfe offenbar einer enormen Schnelligkeit und eines perfekten Timings, so daß er lange aufmerksam und fasziniert zuschaute. Immer wieder bemerkte er Handhebel, die im Judo als zu gefährlich galten und daher verboten waren.

Die Leitung der Prüfung oblag allem Anschein nach einer Frau, die des öfteren zu den Prüflingen ging, um eine Technik zu demonstrieren. Es war eine kleine, untersetzte Person, vor der sich alle nach einem für Harry undurchsichtigen Ritual respektvoll verbeugten.

Irgend etwas hatte das Mißfallen der Frau erregt. Sie beriet sich kurz mit dem Mann an ihrer Seite, der mit ihr zusammen den Test abnahm, und ging mit ihm in die Mattenmitte. Der Mann war ebenfalls mit dem weiten Kimono-Unterteil bekleidet, das im Gegensatz zu den engen weißen Judohosen ein Zeichen höheren Ranges sein mußte. Er griff die Frau mit explosiven Schlägen an, die den geschulten Karateka verrieten, wurde aber jedesmal mit einem Handgelenkdreher geworfen. Und dann lief etwas nicht nach Plan.

Vielleicht hatte der Mann ein Signal fehlgedeutet oder sich nicht an eine Vereinbarung gehalten, jedenfalls griff er, anders als vorher, mit einer Schlag-Doublette an. Die Frau wehrte ihn ab, indem sie intuitiv in seinen zweiten Schlag hineinging, der Angreifer schlug zu Boden, blieb aber liegen und ließ das geschmeidige Aufstehen vermissen, das Harry bei den Übungen bewundert hatte. Plötzlich stand der Mann im Judoanzug wieder neben Harry. Er mußte diesen und dessen Reaktionen schon längere Zeit unbemerkt beobachtet haben.

»War lange in Japan«, erklärte er. »Den sie gerade plattgemacht hat, ist unser Shotokan-Trainer.«

»Ich habe so etwas noch nie gesehen« sagte Harry wahrheitsgemäß.

»Das ist Aikido«, sagte der Judoka. »Sehr elegante Sportart, sage ich Ihnen.«

»Man sieht es. Und die Frau?«

»Tja, Sie werden es nicht glauben. Das ist eine Ordensschwester, wie sie im Buche steht.«

»Nein, wirklich?« Harry traute seinen Ohren nicht.

»Ja. Und ziemlich hoch angebunden. Vierter Dan.«

»Immerhin. Ich schaue mir aber lieber das Kraftprogramm an. Wann ist das möglich?«

»Jeden Abend. Steht alles haarklein in der Broschüre.«

9

Obwohl sie mit dem Bus nur fünf Stationen fahren mußten, hatte Fred für seine Freundin Hanna einen Sitzplatz ergattert. Er nahm Hanna die Sporttasche ab, stellte sie auf den Boden und wies mit der Hand auf das Polster.

»Willst du?«

Hanna schüttelte nur den Kopf. Sie wirkte deprimiert und hatte allen Grund dazu.

»Was war denn bloß los beim Training?« fragte Fred. »Schwester Vera schien ja richtig sauer gewesen zu sein.«

»War sie auch.« Hanna schaute aus dem Fenster. Fred tippte sie behutsam an. »Ich war heute irgendwie andauernd neben der Spur.«

»Daß du dich mit Robert rumgebolzt hast, hab ich noch mitgekriegt. Aber was hast du dann mit dem Zwilling angestellt? Hat sich angehört, als hättest du ihn übel in der Mangel gehabt.«

»Ich weiß es selbst nicht genau. Muß sein Abklatschen überhört haben. Jedenfalls hätte ich ihm fast das Gelenk kaputtgemacht.«

Weil Hanna unbedingt stehen wollte, hatte Fred den für sie bestimmten Platz eingenommen. In einer Kurve, als der Bus ruckelte, flog Hanna auf seinen Schoß. Fred lachte, Hanna blieb ernst.

»Wenn das Training erst in der achten und neunten Stunde liegt, bin ich meistens so fahrig«, sagte sie.

Fred hatte Hannas Nacken im Blick; das Mädchen saß mit einer Pobacke auf seinem linken Oberschenkel und klammerte sich mit beiden Händen an die Haltestange vor sich. Der Junge schnupperte, fuhr mit der Nase über Hannas Nakkenpartie, wölbte die Lippen vor.

In diesem Moment mußte der Busfahrer bremsen. Hanna rutschte zur Seite, ließ aber nicht die Stange los. Fred riß sie schnell auf seine Schenkel zurück.

»Is wie auf'm Kamelrücken«, meinte er.

»Wie ist es denn auf'm Kamelrücken?« wollte Hanna wissen. Mittlerweile konnte auch sie wieder lächeln.

»Paß auf, Hanna«, Fred schaute an dem Mädchen vorbei einen Typen an, der ziemlich betrunken zu sein schien, »du solltest gelegentlich dieses Mittel versuchen, das der Ollrich mir da besorgt hat. Ich schaffe jetzt zwei oder drei Trainingsstunden täglich. Die zwei Stunden pro Woche früher, die kommen mir inzwischen echt lächerlich vor.«

»Aber wenn Aikido nach einer Doppelstunde Mathe und Physik liegt, dann helfen bei mir keine Vitaminschocks und keine Intelligenzpillen.«

»Das ist Unsinn. Bei mir wirkt es doch auch. Du, das Zeug von dem Ollrich, das ist Wahnsinn. Du glaubst gar nicht, wie das die Konzentrationsfähigkeit und die Ausdauer unterstützt, echt enorm. Ist auf rein pflanzlicher Basis hergestellt.«

»Sagt Ollrich.« Hannas Skepsis war noch nicht überwunden.

»Der nimmt es schließlich auch. Probier's mal. Wirst schon sehn, was das für'n Wundermittel ist.«

Hanna sagte weder Ja noch Nein. Fred kniff sie in die Wange.

»Schau mir in die Augen, Kleines«, bat er.

»Ja, mein Riese«, sagte Hanna.

10

Harry fluchte. Er warf wütende Blicke auf seine Nachbarn, auf Menschen, die allesamt überhaupt keinen Grund hatten, den Weg an ihre Arbeitsplätze mit dem Auto zurückzulegen, unvernünftige, rücksichtslose Menschen, die jenen die Straßen verstopften, die nun wirklich auf ihr Auto angewiesen waren. Harry war für ein generelles Fahrverbot, wenn nur die wichtigsten Ausnahmen gewahrt blieben: Busse, Notarztwagen und Harry selbst.

Harry hatte schon in allen großen deutschen Städten, die er besuchen mußte, im Stau gestanden, aber Berlin besaß wirklich einen Sonderstatus: Die Rush Hour begann um sechs und endete nicht vor zwanzig Uhr. Zu allem Überfluß buddelte der Berliner Senat auch noch nach Schätzen, die er ausgerechnet dort vermutete, wo Straßen entlangführten; irgendeine Spur war immer aufgerissen. Harry kaute auf seiner Unterlippe. Er war bereits zwanzig Minuten überfällig.

Rita hatte Geduld. Als Harry eine Dreiviertelstunde zu spät das *Café Rosimon* betrat, saß sie unerschütterlich an einem der Tische und vertrieb sich die Zeit beim Beobachten anderer Gäste. Daran, daß Harry kein Meister der Pünktlichkeit war, hatte sie sich gewöhnt.

»Na, verfahren?« stichelte Rita. »Ist ja eine große Stadt.«

»Red keinen Mist«, entgegnete Harry gereizt, »um diese Uhrzeit hilft in Berlin nur noch ein Hubschrauber.«

»Ja, der Stau, der böse Stau. Als wir noch zur Schule gingen, war es immer der Bus, der fahrplanwidrig eine Minute zu früh abgefahren ist. Was rausgekriegt?«

Harry winkte ab.

»Nun spiel nicht die beleidigte Leberwurst.« Rita stieß ihren Bruder freundschaftlich an.

»Schwer zu sagen«, bequemte sich Harry zu einer Antwort. »Der *Juaikan* eben war ein Flop, falls abends nicht was läuft.«

»Auf einem Kahn warst du also. Mit einer asiatischen Schönheit?«

»Laß das Kalauern, Rita.« Harrys Stimmung war nicht viel besser geworden. Er brauchte die Bewegung, und ein Stau war fast das Schlimmste, das man ihm antun konnte. »Interessanter ist das Studio am Kudamm. *Fitneßland* heißt es. Ich bin Mitglied geworden. Ziemlich nobel. Sieht nach viel Kapital aus. Oder viel Kredit.«

»Viel Kredit wäre besser.« Rita rekelte sich in ihrem Stuhl. »Durst?«

»Danke, nein. Und bei dir? Neue Entwicklungen?«

»Fortschritte, Bruderherz. Ganz kleine Fortschritte.« Rita schüttelte sich. »Der Chef einer sehr suspekten Hard-Rock-Band glaubt, ich würde ihn umwerfend finden. Ein feister Sack ist das, Harry, ich sage dir. Aber wie alle diese angegrauten Stars auf Teenager getrimmt. Pfui, bäh, igittigitt. Hat mich jedenfalls vor seinem Auftritt morgen im *Palace* zum Essen eingeladen. Ich habe den Verdacht, daß er auch die Heilige Dreifaltigkeit der Einfältigen anbetet.«

»Ja, meine Poetin?«

»Weiber, Gesang und Drogen.«

»Bißchen Speed, was? Damit er in der Birne die Scheiße aushält, die er in die Mikros röhrt?«

»So ungefähr. Oder genau umgekehrt. Die Droge macht ihn kreativ. Bildet er sich vermutlich ein.«

Harry winkte nun doch dem Kellner. Der ließ sich Zeit, trat, als Harry ihn gar nicht mehr erwartete und sich im Lokal umsah, an den Tisch und sprach ihn vertraulich an.

»Und du?«

»Wie?«

»Was möchtest du?«

»Ich?« Harry wußte es nicht mehr. »Die Karte«, sagte er schließlich unkonzentriert, obwohl bereits zwei auf dem Tisch lagen.

Der Kellner wurde rot, verhaspelte sich, knallte noch eine Karte auf den Tisch und verschwand blitzschnell an einen der Nebentische. Harry mußte lachen. Der Abgang des Obers hatte seine Laune verbessert.

»Was ist das hier für ein Laden?« erkundigte er sich.

»Mittel«, sagte Rita. »Bißchen Shit und ein paar Wachmacher. Das Bübchen dort am Tresen scheint der Star-Dealer zu sein.«

»Könnte vom Outfit gut zu dir passen«, sagte Harry, der nun seinerseits seine Schwester aufziehen wollte, aber auch Anerkennung schwang mit. Rita trug ihre neue Arbeitskleidung mit derselben Ungezwungenheit, mit der sie auch italienische Modellkleider zur Schau stellte. Heute war sie eben eine Edelpunkerin, morgen würde sie Grande Dame sein, übermorgen Bürgerrechtlerin im Schlabberlook, alles, wie es Geschäft und Tarnung verlangten. Als Punkerin mit Stil fiel sie im *Rosimon* nicht auf, und das war die Hauptsache.

»Du solltest wissen«, dozierte sie mit Blick auf den Barkeeper, »daß ich keine Minderjährigen mißbrauche.«

»Nicht mal, wenn es Star-Dealer sind, an die wir ranwollen?« Harrys Stimme war voll Spott.

»Dann ja. Dann ist es Job. Wann treffen wir Ingo?«

»Übermorgen, Punkt drei am Elefantentor.«

»Wie schön«, sagte Rita träumerisch. »Das sind doch diese Tiere, die zwei riesengroße Schwänze haben?«

»Falsch«, sagte Harry.

»Falsch?«

»Die Bullen haben drei.«

11

Schwester Vera war gleich nach dem letzten Training für diese Woche an die nächste Tankstelle gefahren, hatte getankt, den Reifendruck geprüft, das Motorenöl kontrolliert und einen Blick auf den Kühlwasserstand geworfen. Der kleine Alukoffer für das Wochenende lag auf dem Beifahrersitz, griffbereit zwischen den Vordersitzen war eine große Flasche Mineralwasser plaziert, in der Türablage steckten eine Packung Grissini und eine Tafel Marzipanschokolade. Die Fahrt nach Steinverder konnte weniger als drei Stunden dauern oder mehr als acht. Beides hatte Vera schon erlebt. Die ehemalige Transitautobahn nach Helmstedt war vor allem am Wochenende unberechenbar: Mal wurden Leitplanken installiert und der Verkehr staute sich auf zwanzig Kilometern Länge, mal mußte man stundenlang breiten Schwertransportern hinterherschleichen, und die Verkehrsunfälle zwischen Irxleben und Eilsleben waren sprichwörtlich.

Auch wenn Steinverder nicht näher an Japan lag als Berlin, freute sich Vera dennoch wie eine Schneekönigin darauf, endlich einmal ausspannen zu können. Vor Eintreffen der Kamakurer Aikidoka brauchte sie dringend noch ein Wochenende der Ruhe. Im Gästeflügel des Stiftes wurden für die Ehemaligen stets ein paar Zimmer freigehalten, falls die in aller Welt verstreuten Ordensfrauen eine Stätte der Sammlung und Andacht benötigten. Vera hatte wegen ihrer schulischen Verpflichtungen lange nicht so häufig nach Steinverder fahren können, wie es ihr ein Bedürfnis gewesen wäre.

Den Mord an dem MLG-Pennäler hatte Vera mittlerweile verkraftet, nicht aber die frechen und beleidigenden Unterstellungen der Polizei. Die Menschen, die dort arbeiteten, hatten über die Jahre offenbar die krankhaften Phantasien der Verbrecher zu ihren eigenen gemacht und konnten sich den freundschaftlichen Umgang zwischen einer Lehrerin und ihrem Schüler nicht anders erklären als mit Sex.

Und da die Lehrerin eine Ordensschwester war, wurden ihre Einbildungen zügellos. Obendrein waren diese Polizisten Männer, und Männer waren für ihren beschränkten Horizont bekannt. Sie liebten nun einmal die schmutzige Unterwäsche fremder Menschen und vernachlässigten darüber sogar ihre Ermittlungen; soweit Schwester Vera wußte, waren diese kaum einen Schritt vorangekommen. Einmal hatte Vera noch mit Thomas Binder sprechen können, aber auch der hatte keine Neuigkeiten, und die Mordkommission saß irgendwo unerreichbar in der City, wohin sich auch dieser Hauptkommissar zurückgezogen hatte.

Vera hatte Glück. Der Wochenendverkehr hatte gerade zaghaft begonnen, da zog sie bereits an Magdeburg vorbei. Die Abfahrt Irxleben passierte sie, dann Eilsleben. Ein Autowrack stand am Straßenrand, aber der Unfall durfte einige Tage zurückliegen. Die Autobahn blieb frei. Helmstedt wurde angekündigt. Auch Steinverder kam näher.

Fünftes Kapitel

1

Das Konzert der *Children of Steel* war abgelaufen, wie es sich Rita vorgestellt hatte; die Band hatte im Foyer des *Palace* etwa anderthalb Stunden gespielt, ein paar Dutzend Halbwüchsige beiderlei Geschlechts waren zu der Musik in die Höhe gesprungen oder hatten ihre Arme als Kerzenhalter benutzt, der Geruch von Schweiß, Deos und verbrennendem Haschisch oder Marihuana hatte das Foyer erfüllt, und Rita war sich bald vorgekommen wie in einer Sauna. Ob die Musik der *Children* etwas taugte, konnte sie nicht beurteilen. Der Schreiber eines Stadtmagazins hatte die Band zwar in hohen Tönen gelobt und etwas von Newcomern gefaselt, aber das machten diese Schreiber immer, zu jeder Jahreszeit präsentierten sie neue Erfolgsbands, die bald in der Versenkung verschwanden, und von Musik mußten sie gar nichts verstehen, wenn sie nur in den richtigen Kneipen die Ohren ganz weit aufsperrten. Rita war es egal. Die *Children* waren eine Kleindealerband, nur das zählte.

Die Musiker waren angetrunken gewesen vor dem Konzert, nun waren sie besoffen. Rita saß neben dem Boß. Er hatte die Batterie Sektflaschen springen lassen, bei der sich die Musiker erholen wollten, der Drummer bastelte eine Tüte. Rita tat nur so, als würde sie den Rauch tief inhalieren, denn sie wollte einen klaren Kopf behalten und nicht mehr von der Droge aufnehmen, als über die Mundschleimhaut ins Blut gelangte. Der Boß, der plötzlich seinen Arm um Rita gelegt hatte, bemerkte es.

»Angst?« fragte er.

»Wovor?«

»Vor dem bißchen Shit?«

Rita schüttelte den Kopf.

»Brauchst du auch nicht. Ist Eins-A-Ware. Was Besseres kriegst du nicht in ganz Berlin.«

»Und woher bekommt ihr es?« wollte Rita wissen.

»Tja, meine Süße«, sagte der Boß, »das interessiert meine Zuckerschnecke, was? Abenteuer, harte Männer, Dealer, Fäuste, Knallereien, Peng, Peng, Peng.«

Der Boß drückte Rita an sich, und die wehrte ihn nicht ab. Der Intelligenzquotient des Bandleaders der *Children of Steel* lag noch unter dem durchschnittlichen für Musiker, und das war eigentlich schon wieder eine bewundernswerte Leistung. Rita kicherte, der Boß nahm das wohl als Zustimmung. Er nestelte an Ritas Kluft herum, befingerte ihre Brüste. Rita tränkte ihn direkt aus der Flasche. Die Tüte ließ sie diesmal aus.

»Sag doch mal«, bettelte Rita, »sag doch mal, woher kommt das Zeug?«

»Welches Zeug, Häschen? Wir haben ein ziemlich breites Angebot. Wenn du willst, kriegste sogar Eitsch von mir.«

»Was?«

»Na, Eitsch. Weißte nich, was das ist? Na, wie heißt das H auf Englisch?«

Rita hatte sich geirrt. Der Boß hatte nicht nur einen unterdurchschnittlichen Intelligenzquotienten, er hatte gar keinen. Wahrscheinlich war er ein Hinterwäldler, ein Ostdeutscher vielleicht, der in Berlin eine mikroskopische Karriere gemacht hatte und in seiner Zonenklitsche mit seinem Gehabe als King dastehen wollte und vielleicht auch dastand. Rita kannte nur zwei ostdeutsche Kleinstädte mit Namen: Marienborn und Wernigerode.

In Marienborn oder Wernigerode wurde das machistische

Zuhältergetue impotenter Wänster offenbar mit Weltmanngebärden verwechselt. Rita wußte über Ostdeutschland und die Ostdeutschen nur eines: daß sie beide schon immer zum Kotzen gefunden hatte.

»Schnurr, mein Kätzchen«, lallte ihr der Bandleader ins Ohr. Auch das war fast ein Grund, um sich zu übergeben.

»Schnurr, schnurr«, sagte Rita. »Wenn du mir sagst, woher ihr euer Zeug bezieht, will ich auch gar nicht mehr neugierig sein.«

Der Chef der *Children* lachte laut.

»Die bist ja der reinste Zivilbulle«, meinte er.

»Bullin, mein Lieber«, sagte Rita. »Zivilbullin.«

Rita kitzelte dem dicken Bandleader die Weichteile. Der lachte, bis er nicht mehr konnte und zu ersticken drohte.

»Sprich oder stirb«, verlangte Rita.

»Sprechen«, winselte der Dicke. »Ich sag alles, was du willst.«

2

Gleich hinter dem ehemaligen Grenzübergang Helmstedt verließ Schwester Vera die Autobahn, und keine zwanzig Minuten später befand sie sich bereits inmitten der weiten, leicht gewellten Ackerbauregion des südlichen Niedersachsen mit seinen großzügigen Himmeln. Steinverder lag in einem kleinen Buchenwäldchen, war von Fischteichen umgeben und bildete so den idealen Gegenpol zur Hektik Berlins. Die burgähnlichen Gebäude des ehemaligen Zisterzienserklosters waren nach der Reformationszeit in ein lutherisches Damenstift umgewandelt worden. Als Bildungsunternehmen war der Orden schon immer konzipiert gewesen: »Aufgabe der Stiftsdamen«, so stand es auf der Schenkungsurkunde der Herzogin Amalia, die in der Klosterkapelle ausgehängt war, »möge es sein, christliche Gelahrsamkeit unter allen Ständen zu verbreiten.« Über die Jahrhunderte hinweg war daraus der moderne Leitspruch *Beten, Studieren und Unterrichten* geworden, der den Novizinnen ebenso eingetrichtert wurde wie die zweite Devise *Helfen, wo Hilfe gebraucht wird*.

Dieses Motto würde Schwester Vera diesmal für sich selbst in Anspruch nehmen; das Ethos christlicher Orden hatte für die Angehörigen immer den Nebeneffekt, daß sie zwar ihre Energien verbrauchten, um anderen zu helfen, aber nur im eigenen Stall Hilfe fanden. Vera erinnerte sich der Missionarin eines anderen Ordens, die sich in den Favelas irgendeiner lateinamerikanischen Großstadt das Herz aus dem Leib geschuftet hatte, um für Wasser, Elektrizität und Bildung zu sorgen; als sie auf offener Straße abgestochen wurde, schauten die Favelabewohner zur Seite.

Auf den letzten Kilometern fuhr Vera einer tiefstehenden Sonne entgegen und erfreute sich an jedem Meter der alten, baumgesäumten Landstraße. Vorsichtig lenkte sie ihren schweren Wagen über die schmale Holzbrücke auf den Parkplatz im Innenhof.

»Du hättest wenigstens anrufen können!« Der Vorwurf in der Stimme von Schwester Dorothea war nicht echt, und so schnell, wie es ihre dreiundachtzig Jahre erlaubten, lief sie die Küchentreppe hinunter und schloß Vera in ihre fülligen Arme. Vera war zu Hause.

Nachdem sie ihre Reisetasche in den Gästetrakt gebracht und dort abgestellt hatte, kehrte Schwester Vera auf den Hof zurück, ging über das Kopfsteinpflaster zur Aussichtsplattform neben dem Gemüsegarten und stieg hinauf. Die Sicht war klar, der Harz schien bereits hinter den nächsten Hügeln zu beginnen. Aus den offenen Küchenfenstern zu Veras

Füßen drangen verheißungsvolle Geräusche. Dorothea zauberte wieder. Schwester Vera atmete tief durch. Irgendwann würde sie Steinverder nicht mehr verlassen.

Die Mutter Oberin, Ärztin und nun Vorsteherin des Ordens, hatte ihr Büro am Ende des Haupttraktes. Schwester Vera ließ sich Zeit, jenen Gang zurückzulegen, der jahrelang einer ihrer täglichen Wege gewesen war. Auf die Mutter Oberin freute sie sich vor allem deshalb, weil sie hoffte, diese habe Neuigkeiten von Birgit aus Malta und von Ingrid aus Norwegen. Vera klopfte. Das Herein von Mutter Beate klang nicht sehr freundlich. Die Erste Frau des Ordens saß an ihrem Schreibtisch und betrachtete den Störenfried unwirsch über den Rand ihrer Lesebrille. Ein Heer von Läusen schien ihr über die Leber gelaufen zu sein, aber als sie Vera erkannte und die Tür geschlossen war, knurrte Mutter Beate zwar, aber das war nicht mehr ernst gemeint.

»Sieh da«, begrüßte sie Vera, »unsere berühmteste Schwester. Sogar im Fernsehen war sie. Nicht etwa, weil sie Liebe unter den Menschen verbreitet hat, nein, weil sie eingebildete Gegner mit Händen und Füßen zu Boden streckt. Und unser Star taucht natürlich ausgerechnet in der Sekunde auf, in der ich endlich das Rätsel der Druckersteuerung für die Finanzbuchhaltung geknackt habe.« Die Mutter Oberin linste auf den Monitor. »Und prompt stürzt mir das dämliche Programm ab.« Ungehalten schob sie das Keyboard zu Seite. »Warum hat bloß keine von euch Informatik studiert. Da!« Sie deutete auf einen Stoß Computer-Magazine.

»Eine Managerausbildung hätte ich machen sollen, um den Laden hier leiten zu können, und nicht Medizin studieren«, sagte die Ordensobere, bestätigte *Exit to system*, nahm die Brille ab und stand auf, um Vera herzlich zu begrüßen. »Dich sieht man ja auch nur alle Jubeljahre. Bist du eben mit dem Wagen gekommen?«

Vera bejahte.

Mutter Beate suchte und fand das schnurlose Haustelefon unter einem Berg von Endlospapier, das der ungehorsame Drucker ausgeworfen hatte.

»Habt ihr frischen Kaffee? Bringt mir doch bitte zwei Tassen. Nein, nicht ins Büro. Danke.« Nach dem Telefonat wandte sie sich wieder Vera zu. »Ich brauche jetzt eine Pause, mir tun die Augen weh. Komm, wir gehen nach oben zu mir. Dort habe ich auch die Fotos, die Birgit von euch aus Malta geschickt hat.«

Eine Novizin brachte den Kaffee. Mutter Beate holte das Couvert mit den Farbaufnahmen, legte die Fotos nebeneinander auf den kleinen Couchtisch und wählte aus. Ein paar der Abzüge nahm sie auf und hielt sie Vera hin.

»Sieht ja ganz nett aus, euer Malta«, meinte die Oberin. Die Verwendung des besitzanzeigenden Fürwortes bedeutete, daß sie noch etwas in der Hinterhand hatte. »Dein kleiner Mittelmeertrip dürfte auch schon einen Monat zurückliegen, nicht?«

»Anderthalb fast.«

»Ach ja, das Missionieren.« Mutter Beate lächelte versonnen. »Aus Birgits Schilderungen von Malta hatte ich allerdings den Eindruck gewonnen, daß die Menschen dort sehr sittenstreng sind.« Die Oberin zog ein paar der Fotos wieder zu sich heran, kramte eine starke Lupe aus einem Schubfach ihres Sekretärs. »Der Mann neben euch liest ungeniert den *Playboy*. So kann man sich irren, denn, ehrlich gesagt, ich dachte, in dieser Hochburg der katholischen Christenheit ist man prüder.«

Vera bediente sich gleichfalls des Vergrößerungsglases.

»Das ist auch so, was die Malteser betrifft, Mutter Beate. Der Mann neben uns war ein deutscher Geschäftsmann auf Urlaub. Ich glaube, eine Art Pharmavertreter. Außerdem könnte er die Zeitschrift ja nur wegen der gelegentlichen Beiträge von Henry Kissinger oder Truman Capote gekauft haben.«

Die Oberin schaute Vera erstaunt an.

»Die schreiben da? Interessant, meine Liebe, interessant. Aber woher weißt du denn so gut Bescheid? Suchst du Gott in den Männermagazinen?«

Schwester Vera antwortete nicht, sie hatte nicht einmal die Fragen der Ordensvorsteherin gehört. Birgit war alles andere als eine begnadete Fotografin, und auf einem Bild hatte sie ihr Hauptmotiv, also Vera, dermaßen in die Ecke gequetscht, daß man vermuten konnte, ihr eigentliches Interesse habe dem Geschäftsmann mit dem *Playboy* gegolten. Dafür waren seine beiden Begleiter mit auf der Aufnahme, eine junge Frau und ein junger Mann. Den Mann hatte Vera unlängst gesehen, und sie dachte darüber nach, wo das gewesen sein konnte. Schließlich fiel es ihr ein.

»Vera, was ist denn mit dir?« fragte die Oberin.

»Die Welt ist wirklich ein Dorf. Hier, Mutter Beate, schauen Sie. Dieser Mann dort, der ist mir letzte Woche in Berlin über den Weg gelaufen. Bei einer Danprüfung. Hat zugeschaut. Vielleicht auch ein Aikidoka.«

»Na, wenn Malta so ein Touristenparadies ist...«, sagte Mutter Beate unbestimmt. Dann erhob sie sich. »Mir fehlt es langsam an was zu beißen. Komm, Vera, wer Dorotheas Kochkunst genossen hat, begeht nur die Todsünde der Völlerei.«

3

Das erste, was Rita nach dem Erwachen wahrnahm, war ein mörderischer Gestank. Rita hob den Kopf und blickte in ein

Chaos. Mehrere Menschen hielten sich in dem kleinen Raum auf, der zu der Wohnung vom Bandleader der *Children of Steel* gehörte, und schliefen ihren Rausch aus. Irgendwann nämlich war es der Truppe zu langweilig geworden im *Palace,* und sie hatten Lust bekommen, sich in ihre Wagen zu setzen und zum Kurfürstendamm zu rasen. Etwas erleben wollten sie, und was das bei Männern heißt, war klar: Saufen, die Muskeln spielen lassen, Frauen anmachen. Ebenso klar war auch, wie das endete, in einem kleinen, ungelüfteten Zimmer nämlich, in dem es nach Puma stank.

Rita war am Vorabend nicht betrunken gewesen, sie hatte nur betrunken gespielt. Als die Musiker, zwei Frauen unterm Arm, endlich dem Kurfürstendamm den Rücken gekehrt hatten, wollte der Boß unbedingt noch eine Party bei sich daheim veranstalten. Nach dieser Party sah es hier aus. Es hatte nicht nur Alkohol gegeben, und nun lagen Glasplättchen einträchtig neben Pillendosen, neben einer Wasserpfeife und vielen Tequila-Flaschen. Rita gähnte.

Der Chef der *Children of Steel* hatte es sich auf dem Küchentisch bequem gemacht, und seinen vom kalorienreichen Essen gezeichneten Körper bekränzten die zwei Frauen, die zusammengerollt schliefen wie Katzen. Rita war froh, daß der Bandleader irgendwann von ihr abgelassen hatte, um sich den beiden Miezen zuzuwenden, die ihn anhimmelten, obwohl sie von den Stahlkindern noch nie etwas gehört hatten. Allein die Tatsache, daß sie sich inmitten einer Horde von Musikern befanden, hatte die Mädels zu Begeisterungsausbrüchen verleitet, die sich Rita erst hatte erklären können, als sie erfahren hatte, daß die jungen Damen aus Unterfranken stammten, aus einer Gegend also, in der sich jede Garagenband als Kultobjekt gerierte.

Für ein paar Sekunden ließ Rita den Kopf noch einmal fallen, dann sirrte auch schon der penetrante Wecker ihrer

Armbanduhr. Rita schob gelassen die Hand weg, die sich unter ihren Pullover verirrt hatte und von einem Wesen stammte, das nach Achselschweiß und Schweißfuß roch. Schuhe und Mantel fand Rita im Flur. Auch dort lagen zwei Schläfer herum, und Rita stieg über sie hinweg, um ins Bad zu kommen. Das Wasser, das sie sich über Gesicht und Handgelenke laufen ließ, war eiskalt, und das war ihr angenehm. Ob sie jemals wieder diese Wohnung betreten würde, war noch ungewiß, aber wenig wahrscheinlich. Rita hatte eine höchst informative Nacht verlebt und würde sie nicht wiederholen müssen.

Als sie auf der Straße stand, orientierte sie sich mit Hilfe ihres Stadtplans. Der Bandleader, ob in Marienborn, Wernigerode oder Posemuckel geboren, lebte nun jedenfalls in Charlottenburg. Rita suchte nach der nächsten U-Bahnstation. Es war der Bahnhof Bismarckstraße, nur drei Stationen vom Zoo entfernt. Rita wunderte sich. Sie hatte in der Nacht zuvor das Gefühl gehabt, bis ans Ende von Berlin gefahren zu sein; vermutlich waren die Kerle so betrunken gewesen, daß sie in ihrem Suff Haken geschlagen hatten wie die Hasen, denen ein Fuchs auf den Fersen ist.

Harry und Ingo warteten bereits an der Kasse des Zoologischen Gartens, als Rita aus dem U-Bahn-Schacht auftauchte. Ingo sah aus wie ein Mann, der eine intime Verabredung hat und diese ungeduldig erwartet, Harry hielt sich routinemäßig im Hintergrund. Wie immer musterte er die Gesichter aller an der Kasse Anstehenden und verglich sie eingehend mit den Gesichtern aus Willems Kartei, die er sich eingeprägt hatte. Berlin war immerhin einer der Hauptmärkte der Belgier, da war es ratsam, auf der Hut zu sein. Selbst Rita hatte sich bewaffnet, trug den Derringer in der Handtasche, während sich die Männer maskulinere Waffen untergeschnallt hatten.

»Gut geschlafen?« begrüßte Harry seine Schwester.

»Danke. Und du?«

»Hervorragend.«

»Allein?«

Harry nickte.

»Ich auch, Gottseidank«, sagte Rita.

»Los jetzt«, befahl Ingo.

Das Trio schlenderte durch den Zoologischen Garten, beäugte allerlei Tiere, die in der Natur genauso aussahen wie im Fernsehen, es studierte eine Hinweistafel, die die Fütterungszeiten für die verschiedensten Tierarten ankündigte, und schaute sich ständig um, nicht nur wegen möglicher Verfolger, sondern auch, um eine Eßgelegenheit ausfindig zu machen. Rita immerhin war hungrig, Harry hatte Appetit, Ingo solidarisierte sich.

Die Affen hatten mal wieder nichts anderes zu tun, als kreischende Besucher mit Kot zu bewerfen. Harry lehnte sich abseits vom Geschehen auf ein Geländer und erstattete als erster Bericht. Sein Zug durch die Gemeinde der Fitneßstudios hatte ergeben, was alle erwartet hatten; Studios, die auf sich hielten, boten neben ihren Foltergeräten auch Präparate an, die die Muskeln fast von alleine wachsen ließen, und der Stoff stammte fast ausnahmslos aus Brüssel. Die Belgier engagierten sich aber auch auf Gebieten, die für sie Nebenmärkte darstellten, aber da sie nun einmal in Berlin operierten, war es für sie ein Leichtes, auch die Szenediskotheken und ein paar Cafés zu beliefern, in denen eine zahlungskräftige Klientel den Thrill suchte und auch fand. Rita hatte mehrere solcher Läden ausfindig gemacht, in denen Aufputschmittel gehandelt wurden wie Salami-Baguettes.

»Hast du einen Favoriten?« wollte Ingo von Harry wissen.

»Hab ich. Fitneßland, Kudammnähe.«

»Welche Ansatzfläche haben wir?«

»Paß auf. Ich bin dort Mitglied und spiele ein bißchen mit den Geräten, um an die Leute ranzukommen. Also, vor kurzem war ich mit einem der Typen einen trinken, der ist Makler, hat dem Inhaber die Räume beschafft und trainiert deshalb zum Spartarif. Eine Art Fitneßcard, ein Jahr für die Hälfte.« Harry lachte. »Von dem habe ich die meisten Infos. Der Inhaber, Schellkowski heißt er, scheint ein Chaot zu sein. Mal hat er erheblichen Mietrückstand, dann plötzlich zahlt er ein Vierteljahr im voraus. Spricht entweder für sehr schwankende Einkünfte oder für eine Finanzbuchhaltung, die jeden Steuerberater zum Sprung vom Europacenter treibt. Kein Wunder also, daß dieser Schellkowski so permanent ins Schleudern gerät.«

»Setzt er viel um?«

»Glaub schon, das Studio läuft gut. Aber der Mann hat einen Knall, wißt ihr, der ist süchtig. Für die Summen, die er tagtäglich in die Spielbank trägt, könnten wir uns halb Gozo kaufen. Außerdem scheint er keine Frau zu finden, die sich für seine Briefmarkensammlung interessiert. Schellkowski ist aber kein Kind von Traurigkeit, will sagen, er braucht ein bißchen Reibung. Ergo?«

»Berts Rätselspiele«, sagte Rita abfällig. »Tu den Mund auf und spuck's aus.«

»Nutten natürlich. Wollt ich vor einem Mädchen nicht aussprechen, aber wenn du mich zwingst... Nimmt nicht jede, der Herr Studiobesitzer. Muß schon was Edleres sein. Ich denke, auf Köpfchen legt er nicht viel Wert, aber so eine elegante Mulattin mit Beletagewohnung, da wird er eben schwach. Und das kostet, Kinder, das kostet.«

»Du mußt das ja wissen«, meinte Rita.

»Ich weiß das, Mädel. Jedenfalls denke ich mir, ein Mann, der so viel Geld aus dem Fenster wirft, der hat doch bestimmt einen unversteuerten Nebenverdienst. Ich bin mir ziemlich sicher, daß er im größeren Stil weiterverkauft.«

»Wie kommst du darauf?« erkundigte sich Ingo.

»Tja, Ingo, weißt du ...«

»Walter. Ich heiße Walter.«

»Entschuldige. Also, lieber Walter, Schellkowski steht mächtig in der Kreide bei seiner Bank. Aber er zahlt. Jede Rate. Da muß er ganz schön was einnehmen, sag ich dir. Ja, und dieser Mister Europe im Vorruhestand, der ist auffallend oft auf Reisen, und zwar immer dann, wenn die Belgier Ware abgeworfen haben. Da reist der Junge, reist hierhin und dahin. Das fällt sogar schon den Kunden auf.«

»Prima«, sagte Ingo erfreut. »Dann ist ja langsam Zeit für meinen Auftritt. Wann, denkst du, können wir den Nachschub der Belgier frühestens blockieren?«

»In zwei Wochen weiß ich mehr über ihre Route als sie selber.«

»In den *Palace* scheint der Stoff am Wochenende gebracht zu werden«, sagte Rita. »Ab Sonnabend haben alle immer genug zum Werfen und Drücken.«

»Könnte hinkommen«, bestätigte Harry. »Samstag früh sind sie im *Fitneßland* und lassen den Wagen auf dem Hof stehen. Klappern ihre Kunden anschließend mit dem Taxi ab.«

»Dann geht es also los«, meinte Ingo. Harry nickte, Rita wirkte angespannt. Das Trio verlangsamte seine Schritte. Gesprochen wurde nicht mehr. Vor einem Tiergehege lehnten sich die drei schließlich mit den Armen auf die Mauer. Eine Edelstahltür wurde aufgestoßen, und ein Rudel Schakale stürzte sich gierig auf die blutigen Fleischbrocken.

4

Vera befand sich seit einer Viertelstunde auf einem Spaziergang. Sie ging neben der wenig befahrenen Straße auf einem meterbreiten Grasstreifen, die Straße führte auf eine Anhöhe, und von deren Kamm konnte Vera weit ins niedersächsische Land schauen. Halblinks, nun nicht einmal mehr zu ahnen, hatte sich vor einigen Jahren noch der Todesstreifen der DDR-Grenze entlanggeschlängelt.

Ein Auto kam in ihrem Rücken näher, und Vera drehte sich um. Es war ein rotes Cabrio, gelenkt von einem Jungen von Anfang zwanzig, der überlaut die Musik irgendeiner Kölschrock-Band hörte. Die Musik paßte nicht in die Landschaft.

Der Junge stammte tatsächlich aus Köln, wie das Nummernschild seines Wagens verriet. Wenn sich ein Kölner in diese Gegend verirrte, in die Provinz der Provinz, sprach das wirklich für den dörflichen Charakter der Welt.

Daß dieser Mann, dessen Weg sie zufällig auf der Terrasse des *British* gekreuzt hatte, im *Juaikan* aufgetaucht war, beunruhigte Vera, ohne daß sie einen Grund dafür wußte. Von ihrem Spaziergang erhoffte sie sich etwas mehr Klarheit. Das rote Cabrio brachte sie auf eine Idee.

Dort, wo sich Vera gerade aufhielt, wurde vorwiegend Landwirtschaft betrieben. Die Bauern machten allesamt einen durchaus wohlhabenden Eindruck, stöhnten aber wie alle ihrer Zunft unter der protektionistischen Agrarpolitik der EG. Natürlich fuhr jeder von ihnen ein Auto, schon weil man hier ohne Wagen einfach aufgeschmissen war, aber niemand würde auf die Idee kommen, sich ein Cabrio zuzulegen. Ein Jeep war nützlich, ein BMW schaute gut aus in Königslutter oder Helmstedt, aber ein Cabrio hatte den Ruch des Neureichen oder gar Kriminellen, oder es war eine

Bankrotterklärung: Wer mit einem solchen Wagen protzen mußte, mit dessen Hof konnte es nicht weit her sein.

Genau aus diesem Gründen mißfiel Vera der Auftritt des Malta-Urlaubers im *Juaikan*. Der Mann war dort ein rotes Cabrio zwischen Käfern und Enten. Natürlich, das Studio lief leidlich, aber Tim hatte es eben nicht für Reiche konzipiert, sondern für Leute, die mit jedem Pfennig rechnen mußten, und die gab es auch in Hermsdorf. Vielleicht hatte sich der Mann ein falsches Bild gemacht, weil er sich von den Villenvierteln und dem vielen Grün hatte blenden lassen; *das Juaikan* jedenfalls durfte weit unter seinem sozialen Niveau liegen, und solche Leute überschritten für gewöhnlich solche Grenzen nur, wenn sie damit Geld verdienen konnten, als Journalisten etwa, als Filmemacher oder dergleichen. Dieser Mann aber hatte sich sogar zum Training angemeldet, falls Vera nichts in den falschen Hals bekommen hatte. Das war zumindest ungewöhnlich.

Der junge Kölner kam zurückgerast. Auch er hatte einen Ausflug gemacht, allerdings ohne seinen Wagen zu verlassen. Als er an Vera vorbeifuhr, lächelte er. Die Kölschrocker kommentierten den Vorgang mit unverständlichen Gesängen.

5

Es nieselte, trotzdem hatte Ingo seine Aktentasche auf das Trottoir gestellt und zündete sich eine Zigarette an; er brauchte beide Hände dafür, eine, um das Feuerzeug zu betätigen, die zweite, um die Flamme abzuschirmen. In dem grauen Opel, neben dem Ingo seine Tasche geparkt hatte, wurde der elektrische Scheibenheber betätigt. »Seit wann ist er drinnen?« fragte Ingo, ohne ins Wageninnere zu schauen.

Einige Tage folgte Harry nun schon ihrem Kandidaten

Schellkowski, registrierte all die Banalitäten, die ein Leben ausmachten, und all das, was Schellkowskis Existenz von der anderer Menschen unterschied.

»Eine knappe Viertelstunde«, entgegnete Harry. »Da drüben steht sein Schlitten. Du mußt ihn mindestens bis um neun festnageln, sonst wird's für mich peinlich.«

»Keine Bange. Nimmst du die Polaroid?«

»Wenn das Türschloß keine Probleme macht, dreh ich uns auch noch ein Video von seiner Bude.«

Ingo hob seine Tasche auf. »Na, dann!«

»Gleichfalls«, sagte Harry. Er startete den Wagen und rangierte ihn in einem Zug aus der Parklücke. Nun war die lang erwartete Gelegenheit da, Schellkowskis Wohnung zu präparieren. Noch war der Sportschulenbesitzer nicht in ihrem Netz gefangen, aber Ingo würde das schon deichseln, und dann durfte Schellkowski keine unbeobachteten und unbelauschten Schritte mehr machen, denn früher oder später würde jeder, der die immensen Verdienstmöglichkeiten des Trios überschaute, auf eigene Faust zu arbeiten versuchen und selbst vor Verrat nicht zurückschrecken. Darauf vorbereitet zu sein konnte im Ernstfall drei Leben retten.

Ingo indessen war innerhalb von zwei Wochen zum gerngesehenen Gast einer exclusiven Kudamm-Bar geworden, in der auch Schellkowski verkehrte. Gesehen hatten sich die beiden schon, wohl auch das eine oder andere belanglose Wort miteinander gewechselt, sich gegenseitig einen Drink spendiert und auf das Wetter geschimpft. Die Worte würden an Inhalt gewinnen, das wußte Ingo. Schellkowskis Lage würde in wenigen Tagen so sein, daß man schmeichelte, wenn man von einer prekären Lage sprach.

»Guten Abend, Herr Steinmüller, erst jetzt Schluß?« Der Barmann zeigte auf Ingos schwere Ledertasche. Der lachte.

»Ja, ja, selbst und ständig, lieber Werner.« Ingo nahm Platz, nickte dem jungen Mann mit den gepflegten langen Haaren zu seiner Rechten grüßend zu.

»Und? Heute einen weiteren Betrieb saniert?« scherzte Werner, plazierte unaufgefordert einen silbernen Champagner-Kühler in Ingos Reichweite.

»In der Tat«, Steinmüller klopfte auf die voluminöse Tasche, die er auf den unbesetzten Hocker neben sich gestellt hatte, »alles hier drin, unterschrieben und von der Treuhand gesegnet.«

»Sie sind mir ein rechter Deutschmeister«, meinte der Keeper, »ein Ritter und Retter des Ostens.«

Ingo lachte fröhlich wie über einen guten Witz, dabei ließ er seinen Blick immer wieder zu Schellkowski wandern, der mit den Augen Kommunikation betrieb; sein Gesprächspartner war ein Cognacglas. Ansonsten waren kaum Leute da zu so früher Stunde. Ingo schaute den Barmann und seinen Nachbarn an.

»Darf ich die Herren zur Feier des Tages auf ein Gläschen einladen?«

Werner machte ein Pokerface. Schellkowski nickte heftig.

Sechstes Kapitel

1

Schellkowski hatte einen schweren Kopf, in dem sich ein expansionslüsternes Gehirn anschickte, die Schädeldecke zu sprengen. Zwei Aspirin hatte der Studiobesitzer schon geschluckt, aber mehr als Schweißausbrüche hatte ihm das Medikament nicht eingetragen. Schellkowski war deprimiert, aber es war nicht nur die übliche Alkoholdepression, sondern der Anlaß seiner Grübeleien war ein Schreiben seiner Hausbank.

Der Filialleiter höchstselbst hatte es aufgesetzt, und sein Inhalt kam für Schellkowski eigentlich nicht unerwartet. Irgend etwas stimmte auf dem Markt nicht mehr. Gerhard Schellkowski war geneigt, einige seiner Grundsätze ziemlich lax zu handhaben, aber seine Raten hatte er bisher immer gezahlt. Oder abgestottert, was zutreffender war. Mit einemmal konnte er es nicht mehr. Zahlungsverzüge, hieß das so schön bankbürokratisch.

Irgend jemand mauschelte Schellkowski ins Geschäft. Wer das war, hatte er noch nicht herausgefunden. Er würde dazu auch nicht mehr in der Lage sein, weil sein Kopf jeden Moment platzte. Boris stürmte in sein Büro.

»Mach mal rasch, mach mal rasch die Nachrichten an«, stammelte er. »Es ist was passiert. Was passiert, aber ich hab eben im Wagen nur die Hälfte mitbekommen.«

Schellkowski drehte sich zu seinem Radio um, aber Boris war schneller und schlug seine Pranke auf die Power-Taste.

Die beiden Beamten, die in die Schießerei verwickelt waren, erlagen ihren Verletzungen noch im Notarztwagen. Und nun der Wetterbericht vom Institut für Meteorologie der Freien Universität Berlin.

»Und?« fragte Schellkowski.

»Das sind unsere Lieferanten, Gerhard. Die haben sich mit den Bullen eine Schießerei geliefert.«

»Aber«, Schellkowski, der sich in seinem Sessel aufgerichtet hatte, ließ sich wieder fallen, »aber warum denn?«

Boris zuckte die Schultern.

»Scheiße!« Schellkowski tastete nach dem blauen Zigarettenpäckchen. »In letzter Zeit geht mal wieder alles schief. Na, auspacken können sie wenigstens nicht mehr«, murmelte er, »aber wenn wir keinen Ersatz auftreiben, bin ich nächste Woche pleite.«

»Doch das polnische Zeug?« schlug Boris vor.

»Sieht ja wohl so aus.«

Boris nickte. Atletiko und Stamina hießen die Ostprodukte, und wer sich an ihnen delektierte, bekam unausweichlich Durchfall und Magenkrämpfe, zumindest bis sich sein Organismus an das Gift gewöhnt hatte. Und Gift war das, was die Polen auf den deutschen Markt pumpten, reines Gift. Erst baute es die Muskeln auf, dann baute es den Menschen ab. Boris wurde in den Kraftraum gerufen und verschwand. Gerhard Schellkowski griff zum Haustelefon.

»Ich will in der nächsten halben Stunde nicht gestört werden.« Er ging an den Kleiderständer, wühlte in seiner Manteltasche und holte eine Visitenkarte hervor.

Walter Steinmüller, Betriebswirt, stand auf dem dicken Karton, *Unternehmensberatung u. Finanzierungshilfe,* dann eine Anschrift in der Schlüterstraße, eine Rufnummer ebenso.

Schellkowski seufzte. Er hatte sich unter dem Einfluß von Cognac und Champagner wieder einmal zu tief in die Karten gucken lassen und sich vor einem Gast des *Florida* nackt gemacht. Schellkowski ärgerte sich über sich selbst; immer, wenn er zuviel getrunken hatte, buhlte er um Mitleid. Der Gast, Steinmüller hieß er also, hatte ihn nicht bemitleidet. Er schien ein praktischer und pragmatischer Typ zu sein, der ihm nach ihrem langen Gespräch in der Bar die Karte in die Hand gedrückt hatte.

»Rufen Sie mich ruhig an, wenn Ihre Bank sich weiter so unverständig zeigt«, hatte er dazu gesagt. Schellkowski überflog den Brief des Filialleiters noch einmal.

Er hatte, und daran gab es nichts zu deuteln, seinen Kontokorrentkredit bis auf den letzten Heller ausgeschöpft. Er hatte einen Barkredit laufen, er hatte seine Lebensversicherung beliehen und eine Hypothek für sein kleines Grundstück aufgenommen. Seine Lieferanten waren ausgefallen, noch reichte die Ware für ein paar Tage, aber dann würden alle Nachschub verlangen, und Schellkowski saß auf dem Trockenen; dabei stand ihm das Wasser bis zum Hals. Die Zukunft war ein schwarzes Loch. Schellkowski konnte nach dem Strick greifen oder nach dem Telefon.

Das Telefon stand näher.

2

Sie hatten das Spiel mehrmals geübt, und nun lief es wie am Schnürchen. Rita ging an den Apparat. Als sich Schellkowski meldete, flötete sie ihm ins Ohr, Herr Steinmüller spräche gerade auf der anderen Leitung, er möge sich gedulden. Zehn Minuten ließen sie Schellkowski schmoren. Dem Mann ging es so dreckig, daß er dranblieb. Wahrscheinlich hätte er sogar die schlimmsten Demütigungen eingesteckt.

Endlich ließ sich Ingo dazu herab, den Hörer zu ergreifen.

»Steinmüller«, meldete er sich. »Tut mir leid, mein Gespräch hat ein bißchen länger gedauert. Hatte gerade Frankfurt am Apparat. Wie kann ich Ihnen behilflich sein?«

Schellkowski war ziemlich nervös. Im Eiltempo spulte er die Schilderung seiner mehr als prekären Situation ab. Ingo brauchte nur zuzuhören, jede Nachfrage erübrigte sich. Um seine Anteilnahme zu beweisen, flocht er gelegentlich ein zustimmendes, ein skeptisches oder ein bedauerndes Brummen ein.

Nach einer längeren Suada hielt Schellkowski erschöpft inne. Zugleich wirkte er aber auch erleichtert.

Er hatte allen Grund dazu, denn Ingo wußte Rat.

»Wenn ich Sie richtig verstehe, Herr Schellkowski, will Ihre Bank nicht mehr mitspielen, obwohl die Umsätze steigend sind? Wissen Sie was, lassen Sie uns einen Termin ausmachen und bringen Sie mal alle Ihre Geschäftsunterlagen mit, die Sie griffbereit haben. Vielleicht sogar noch heute?«

Schellkowski war es nur recht.

»Paßt Ihnen vierzehn Uhr? Gut. Wie wäre es, wenn wir die Angelegenheit beim Mittagessen in der *Degustation* besprechen? Ich muß nämlich dringend etwas essen. Hocke schon seit acht hier im Büro. Die *Degustation* ... ach, Sie kennen das Restaurant? Um so besser.«

Jetzt war es an Ingo gewesen, wie ein Wasserfall zu reden, während Schellkowski kaum etwas sagte. Ingo stand kurz davor, ihr Gespräch zu beenden, aber Schellkowski hatte noch etwas auf dem Herzen.

»Und Sie meinen, Herr Steinmüller«, fragte er, »daß Sie mir helfen können?«

»Aber Herr Schellkowski«, sagte Ingo eine Spur zu laut und zu leutselig, »das ist doch kein Thema.«

Rita, die die ganze Zeit aufmerksam zugehört hatte und sich aus Ingos Rede zusammenreimen konnte, was Schellkowski gebeichtet und worum er gebeten hatte, belohnte ihren Teamleader mit einer Tasse Kaffee. Ingo lehnte sich in seinem Drehstuhl weit zurück und atmete das Aroma ein. Sein Gesicht zeigte ein hämisches Grinsen.

»Dein Bruder hatte den richtigen Riecher«, meinte er, »der Knabe hat den Kopf in der Schlinge. Kredithaie, verstehst du. Und er hat sich nur Banken rausgesucht, die für sich in Anspruch nehmen, absolut seriös zu sein.«

»Ist eben ein Werbegag«, sagte Rita und goß auch sich Kaffee ein. »Und sie haben ja alle recht.«

»Inwiefern?«

»Mit dem Motto: Kommen Sie zu uns, wir lassen Sie nicht mehr los.«

»Oh, Rita, deine Exkursionen in die Betriebswirtschaft haben ja reichlich Früchte getragen.« Ingo konnte sich einen Spott nicht verkneifen. Rita überhörte ihn.

»Harry hat einen Orden verdient. Die Belgier«, sie lächelte vergnügt, »sind für die nächsten Monate aus dem Business, und wir haben ein Füßchen in der Tür.«

»Ein ganzes Bein«, sagte Ingo zufrieden. Schellkowski stand mit dem Rücken zur Wand, und wenn er noch letzte Argumente für einen Seitenwechsel brauchte, würde Rita nachhelfen müssen. Sie scheute es selten, ihre Attraktivität für die Firma gewinnbringend einzusetzen. Und dieser Schellkowski war durchaus gutaussehend. Das würde die Sache im Bedarfsfall für Ingos Mitarbeiterin beträchlich erleichtern.

3

Daß Harry einen schweren Fehler begangen hatte, wußte er, als es zu spät war. Während einer Operation durfte er einfach keine freie Zeit haben; zwei, drei Stunden genügten schon, und er kam auf dumme Gedanken. Es gab überhaupt keinen Grund, das *Juaikan* noch einmal aufzusuchen. Dieses Studio war abgehakt, hier war nichts zu holen, aber Harry war ein Sportsmann, und er wollte noch einmal beim Aikidotraining zuschauen.

An diesem Tag fand im *Juaikan* kein Training statt. Der Judoka, der Harry bei seinem ersten Besuch mit Broschüren versorgt hatte, erkannte ihn wieder und mußte lächeln, als Harry ihm gestand, daß dieser Kampfsport ihn beschäftige. Er riet Harry, es doch einmal in der Turnhalle des Martin-Luther-Gymnasiums zu versuchen; dort würde er auch die berühmte Schwester Vera treffen, die er ja schon einmal gesehen habe. Harry ließ sich den Weg beschreiben, war aber nicht geneigt, sich in einer Schulsporthalle herumzudrücken. Als er zu seinem Wagen ging, kam ihm der Judoka hinterher, nun allerdings in ziviler Kleidung.

»Wenn Sie fahren ... ich meine, vielleicht könnten Sie mich mitnehmen? Ich habe mit der Schwester einiges zu besprechen.«

Harry brummte nur vor sich hin. Sich jetzt gegen die Fahrt zur Schule zu entscheiden, würde höchstwahrscheinlich albern wirken, und es gab keinen vernünftigen Grund, nicht zu fahren; außerdem registrierte Harry mit Befriedigung, daß der Judofritze ihn diesmal gesiezt hatte.

»Steigen Sie ein.« Harry öffnete von innen die Beifahrertür.

»Danke. Übrigens, ich heiße Tim.«

»Ha ... Bert«, sagte Harry.

»Herbert?«

»Nein, nur Bert.«

Die Schwester demonstrierte gerade eine Schwertübung, als Harry und Tim eintrafen. Harry zog an der Hallentür seine Schuhe aus. Die Trainerin warf ihnen beiden einen Blick zu. Bei Harry nickte sie sogar. Harry war irritiert.

Als die Schwester in die Hände klatschte, begannen die Aikidoka, das eben Vorgeführte nachzuahmen. Die Schwester trat zu Harry.

»Seltsam«, sagte sie, »aber ich habe es geahnt, daß wir uns irgendwann beim Aikido wiedersehen.«

»Wiedersehen? Ich ...« Harry hielt einen Moment inne. Hier war etwas im Busch, das spürte er. »Kennen wir uns denn?«

»Aber ja.« Die Schwester hockte sich vor ihn hin. »Flüchtig nur. Vom Sehen. Aus Malta. Ich habe sogar Fotos, auf denen Sie drauf sind.«

»Nein.« Harry brachte nicht mehr heraus. Er hatte sich immer für einen Menschen gehalten, der nicht so leicht aus den Latschen kippte und der allen unvorhergesehenen Umständen gewachsen war, aber dieser blödsinnige Zufall überraschte ihn doch zu sehr. Es war gar nichts dabei, der Frau auf Malta begegnet zu sein. Tausende verbrachten dort ihren Urlaub. Trotzdem war ihm unbehaglich.

»Nun sind Sie erstaunt«, stellte die Schwester belustigt fest.

»Na, ist ja auch ein Zufall«, sagte Harry. Und auch ein dummer Spruch, mit dem man allenthalben solche Situationen kommentierte, fiel ihm ein. »Die Welt ist tatsächlich nur ein Dorf.«

»Das habe ich auch gesagt«, meinte die Schwester.

»Gesagt? Wieso? Wann gesagt?«

»Na, als ich unsere Maltafotos gesehen habe. Eine Mitschwester hat die gemacht, wissen Sie, und die Abzüge hat sie gerade geschickt. Übrigens sind auch Ihre Reisebegleiter zu sehen. Möchten Sie ein paar der Bilder haben?«

»Gott, na ja«, sagte Harry vage. Die Fotos interessierten

ihn einen Scheißdreck, nur daß sie sich in der Hand dieser Kirchentante befanden, mißfiel ihm. Natürlich, sie bewiesen nichts. Ingo, Rita und er hatten Ferien gemacht. Jeder Mensch machte hin und wieder Ferien. Trotzdem war es nicht recht, daß irgendwo Bilder kursierten, die sie auf Malta zeigten.

»Sind es denn schöne Aufnahmen?« fragte er, um Zeit zu gewinnen.

»Schnappschüsse von Amateuren.«

»Wahrscheinlich Kunstfotos«, mischte sich Tim, der Judoka, ein. »Schwester Vera ist immer sehr bescheiden.«

Bescheiden war sie also, die gute Schwester, bescheiden und voller Demut, wie es ihr Gelübde verlangte. Vielleicht kniete sie jeden Abend auf Erbsen oder kasteite sich mit Geißeln, um für alle Sünden der Welt Buße zu tun, und wenn sie erfahren könnte, mit welchen schlimmen Dingen sich Harry beschäftigte, würde sie auch um sein Seelenheil beten.

Endure und die anderen Mittelchen, das war für sie bestimmt Teufelszeug.

»Ich würde mir die Fotos gern ansehen«, sagte Harry.

»Soll ich sie morgen zum Training mitbringen?«

»Wir könnten auch essen gehen«, schlug Harry vor.

Vera nickte. »Warum nicht?«

»Nach dem Training also? Wann ist das?«

»Ich denke, gegen einundzwanzig Uhr. Warten Sie einfach nebenan beim Italiener. Den finden Sie auf Anhieb.«

»Gut.« Harry deutete eine leichte Verbeugung an, dann ging er auf den Ausgang zu, schlüpfte in seine Schuhe und kniete nieder, um die Schnürsenkel zu verknoten. Kurz hob er dabei den Kopf und stellte fest, daß Tim der Judoka die Ordensschwester anschaute, als könne er nicht glauben, daß sie sich soeben mit einem Mann verabredet hatte, den sie eigentlich gar nicht kannte.

4

Gerhard Schellkowski war pünktlicher gewesen als ein Soldat, der bei der nächsten Verspätung mit einer Urlaubssperre zu rechnen hat. Seit einer halben Stunde wartete er bereits in der *Degustation*, ließ sich aber seine Nervosität nicht anmerken. Herr Steinmüller schien sich zu verspäten. In Berlin gab es dafür viele Gründe; Umleitungen, Baustellen, wenn man mit dem Auto, eine Schneeflocke, wenn man mit Bus oder U-Bahn anrückte. Allerdings schneite es nicht. Noch nicht, denn seit einigen Jahren hielt es Schellkowski für möglich, daß man sogar im August plötzlich die Skier aus dem Keller holen konnte. Und im Dezember am Wannsee in der Sonne braten.

Herr Steinmüller trug einen dunkelgrauen Anzug und wirkte für Schellkowskis Geschmack ein wenig zu distinguiert, aber das mußte er wohl in seinem Beruf: Anlageberater, Kreditvermittler und Versicherungsvertreter sahen alle so aus, diese Blutsauger mit den weißen Kragen, aber Schellkowski wollte nicht mißtrauisch sein, er wollte glauben und hoffen.

»Herr Steinmüller, willkommen«, sagte er, als sei er der Gastgeber, nicht der Gast, als sei er der Helfende, nicht der Bittsteller. Er befand sich in der Defensive, mochte aber seine Würde nicht verlieren. Er war ein erfolgreicher Unternehmer, momentan in der Klemme, aber immer noch erfolgreich, ein Mann mit einer Karriere, über die getrost das Manager-Magazin berichten könnte. Das Manager-Magazin interessierte sich aber nicht für Schellkowski.

»Herr Schellkowski!« Es war unmöglich, Steinmüller in den nächsten Stunden zu trösten. Der Unternehmensberater war so zerknirscht, gleich würde er seiner Aktentasche eine Urne entnehmen und sich die Asche über die frisch frisierten

Haare kippen. »Ich habe mich verspätet.« Das hatte Schellkowski gar nicht mitbekommen. »Ich habe Sie warten lassen. Entschuldigen Sie.«

»Nicht der Rede wert, Herr Steinmüller, bin praktisch auch gerade rein«, log der Sportstudiobesitzer und gab sich keine Mühe zu verbergen, daß er log.

»Was hat Le bon Joseph denn heute Schönes?«

Joseph, der Inhaber der *Degustation*, tauchte höchstpersönlich aus der Küche auf, als hätte er dort nur auf sein Stichwort gewartet.

»Mon cher Monsieur Steinmüller, quel honneur!« Er sprach das Steinmüller so aus, als müsse man den Namen auf der letzten Silbe betonen, und begrüßte auch Schellkowski wie einen alten Stammkunden. Ingo sah sofort, daß dies geheuchelt war. »Monsieur, vous aussi, quel plaisir! On boît un coup à la maison? Aujourd'hui, Messieurs, la...«

Daß Schellkowski des Französischen nicht mächtig war, hatte Ingo schon mitbekommen, als er zum erstenmal aus dessen Mund den Namen des Restaurants vernommen hatte, in dem sie nun saßen. Wenn man Schellkowski hörte, bekam man unweigerlich den Eindruck, bei der *Degustation* handele es sich um eine Haltestelle, die von einem absurden Fahrzeug bedient wurde, das Dehgüh hieß. Ingo übersetzte also exklusiv für den Studiobesitzer.

»Was trinken Sie? Joseph gibt einen aus.«

Die Zeit bis zum Essen verbrachten Schellkowski und Ingo mit Plaudern. Ingo hörte nur mit einem Ohr zu, sagte hin und wieder etwas, das ungesagt keinen Schaden anrichten würde, und musterte vorsichtig den Studioinhaber. Natürlich war die Verspätung inszeniert gewesen, um Schellkowski schmoren zu lassen. Harry war dem Kandidaten vom *Fitneßland* an gefolgt, und daher wußte Ingo nicht nur, daß Schellkowski bereits vor der vereinbarten Zeit im Restaurant gewesen, sondern auch, daß er wie eine gesengte Sau gefahren war mit seinem Alfa, für den er aus Kostengründen nicht einmal eine Vollkaskoversicherung abgeschlossen hatte.

Schellkowskis Wohnung hatte Harry nicht noch einmal aufsuchen wollen; die Nachschlüssel paßten, und sie konnten sich jederzeit dort umsehen, wenn Schellkowski abwesend war. Harry hatte offenbar eine Verabredung. Er hatte sehr geheimnisvoll getan, aber schließlich hatte Ingo ihm aus der Nase gezogen, daß er sich mit einer Nonne zum Essen treffen wollte. Ingo war geneigt, Harry eine ganze Menge zu glauben, ein Essen mit Nonnen nahm er ihm jedoch nicht ab.

Joseph servierte. Ingo strahlte, Schellkowski schaute mürrisch drein. Eine Currywurst wäre ihm wahrscheinlich lieber gewesen. Ingo stichelte ein bißchen, ohne daß Schellkowski es bemerkte.

»Phantastisch, nicht wahr, Kalbsbries mit Kapern, und dazu diese hausgemachte Kräuterbutter.«

»Ja, wirklich vorzüglich«, stimmte Schellkowski pflichtschuldig in die Lobeshymne ein, stocherte indes eher abwesend in Josephs Meisterwerken.

Der Mann war ein Prolet. Er war ein Proll, gut verkleidet, aber dennoch ein Proll, dachte Ingo, und er würde immer ein Proll bleiben, trotz Alfa und Hermes-Krawatte, trotz Sommerhaus auf Ibiza oder sonstwo. Ingo verabscheute ihn. Er gehörte zu jener Sorte von Deutschen, die ständig nach Kaviar schrien, ihn von gewöhnlichem Rogen aber gar nicht zu unterscheiden vermochten und die Bedienung schikanierten, weil der Kaviar angeblich ein zehntel Grad zu kalt oder zu warm war.

»Es ist die solide französische Art zu kochen, was ich hier so mag«, stellte Ingo laut fest. »Wo verkehren Sie denn gewöhnlich?«

Schellkowski nannte einige Namen, die der Michelin-Hotelführer der Spitzengastronomie zurechnete. Daß sich eine Reifenfirma in die Gefilde der Gourmets wagte, war bereits Blasphemie, und bei einer Stippvisite durch die Tempel der Freßlust hatte das Trio dieses Urteil bestätigt gefunden. Es hatte Mini-Portiönchen zu Maxipreisen gegeben, eine pervertierte Variante mißinterpretierter Nouvelle Cuisine, die durchaus jeden Fast-Food-Fotografen hätte jubilieren lassen, erfahrene Reisende in Sachen Kulinarik wie Harry, Rita und Ingo aber schlichtweg erboste.

»Erste Adressen«, bestätigte Ingo durch die Zähne. Schellkowski nickte geschmeichelt. Der Mann war dermaßen ahnungslos, daß er sich über Seewolfmedaillons auf einem Divan von Edelgemüsen an Chablis-Crème überhaupt nicht mokieren würde, weil er nicht wußte, daß es sich dabei schlicht um Seeteufel in Weinsauce und mit frühen Gemüsen handelte, ein Gericht, dem man einen klingenderen Namen gegeben hatte, damit es am Ende in der Kasse klingelte. »Demnächst wird man schreiben: Wachtelbrust unter Wirsingblatt über Sahneessenz hinter Möhrenvorhang«, hatte sich Rita mokiert. Ingo bestellte Espresso.

»So, Herr Schellkowski, dann mal zum Business.« Ingo sah aus, als wollte er die Ärmel aufkrempeln, aber er unterließ das natürlich. »Um mich kurz zu fassen, Herr Schellkowski, alles in allem halten wir Sie für eine vertrauenswürdige Person. Ihr Konzept ist, verzeihen Sie meinen saloppen Ton, es ist erste Sahne. Ehrlich gesagt, es wundert mich, daß Ihre Hausbank Ihren Kreditrahmen nicht noch einmal erweitern will. Aber Sie wissen selbst, die Deutschen lieben die Sicherheit, nicht das Risiko. Die Bank jedenfalls, mit der ich zusammenarbeite, keine hiesige selbstverständlich, diese Bank würde Ihnen einen Kredit von fünfzigtausend einräumen, verfügbar morgen früh. Die einzige Sicherheit, die sie verlangt, ist eine eidesstattliche Erklärung von Ihnen, in der Richtung, daß Sie bei Zahlungsunfähigkeit oder Verzug zwanzig Prozent der Besitzanteile Ihres Studios abtreten.«

Ingo schob Schellkowski einen Vertrag über den Tisch. Schellkowski las ihn nicht, überflog ihn nur, gab sich aber den Anschein kritischen Studiums. Dann unterschrieb er. Schellkowski hätte alles unterschrieben. Vorerst war er gerettet.

Während Ingo dem Sportstudiobesitzer den Knebelvertrag unterjubelte, hatte Rita die Stellung in der Schlüterstraße gehalten, wo sich ihr Büro befand. Rita langweilte sich. Harry war wieder einmal zu irgendeinem Weib unterwegs, das er während seiner Exkursionen durch die Fitneßstudios aufgerissen haben dürfte, und im Büro war nichts los, oder nur Unangenehmes. Der Boß der *Children of Steel* hatte ein paarmal angerufen und wollte sich mit Rita treffen, wobei sie den Eindruck hatte, ihm sei der Stoff ausgegangen, denn er wirkte überspannt und durcheinander. Die Belgier hinterließen tatsächlich erhebliche Lücken in der Versorgung.

Drei Stunden war Ingo außer Haus, und Rita war schon fast so weit, die Einladung des obskuren Bandleaders anzunehmen, als er zurückkehrte. Müde, aber zufrieden ließ er sich in einen Sessel fallen und bestellte mit einer Handbewegung bei Rita einen Kaffee mit Schuß.

»Schellkowski ist down«, sagte er, »ganz unten ist der. Hab alles im Auto gehört, bevor ich ihn getroffen habe. Er hat's offenbar auch schon gewußt. Tja, daß die Belgier sich jetzt erst mal erholen müssen von dem Schlag, das bedeutet für Schellkowski ein Überschreiten der Schmerzgrenze.«

»Die Avus mußte über eine Stunde gesperrt werden«, berichtete Rita. »Unser anonymes Briefchen an den Pol.Präs.

hat also das gewünschte Wunder bewirkt. Doppelt und dreifach sogar. Denn als die Bullen sie gestoppt haben, sind unsere Freunde durchgedreht und haben rumgeballert wie Geisteskranke. Die ganze Monatslieferung für Schellkowski ist also futsch.«

»Rita, das ist deutsche Wertarbeit. Nun hat unser werter Herr Schellkowski seine letzte Möglichkeit verloren, an schnelles Geld zu kommen. Morgen oder übermorgen werde ich ihm einen Vorschlag machen, den er bestimmt nicht ablehnen wird.« Ingo überlegte einen Moment, bevor er weiterredete. »Übrigens, dein physischer Einsatz wird kaum nötig sein. Schellkowski ist schon weich wie eine gekochte Fadennudel.«

»Schade«, sagte Rita, »es ist so langweilig ohne aufregenden Job, und auf dem Foto hat er mir gut gefallen. Du weißt, wie sehr ich auf lange blonde Haare abfahre.«

Ingo nippte an seinem Kaffee, der immer noch sehr heiß war. Eifersüchtig war er nicht, obwohl er Rita mochte, aber letzten Endes war ihre Beziehung rein geschäftlicher Natur, wenn sich auch über die Jahre etwas wie Freundschaft oder Zuneigung hineingemischt hatte.

»Dein Arbeitseifer ist lobenswert, aber du hast ja noch die *Children of Steel*, und die dürften jetzt auch auf dem Schlauch stehen.«

»Pfui, Teufel. Aber du hast recht, bei denen sieht's trübe aus. Der Chef hat mich ein paarmal angerufen.«

»Samenkoller?«

»Ingo, was für ordinäre Worte.« Rita spielte die Entrüstete. »Ja, bißchen kuscheln will er auch. Aber er braucht wohl vor allem was, das man in den Rachen werfen, in die Venen spritzen und in seinen Tabak drehen kann. Für den Eigenbedarf und für humanitäre Aktionen.«

»Humanitäre Aktionen?«

Rita stöhnte. Manchmal war selbst der ausgebuffte Ingo schwer von Begriff.

»Weiterverkaufen an arme Schweine. Für eine Unkostenpauschale, die den Einkaufspreis um mehrere hundert Prozent übersteigt.«

»Ach ja, die Welt ist ungerecht.« Ingo trank den Kaffee aus.

»Und bitterböse«, ergänzte Rita.

5

Das italienische Restaurant neben dem Martin-Luther-Gymnasium hatte Harry, wie von Schwester Vera vorausgesagt, ohne Schwierigkeiten gefunden. Obwohl er ein paar Minuten zu spät kam, war die Aikidolehrerin noch nicht da. Harry setzte sich an die Bar. Er bestellte ein Bier und schaute den Mann hinter dem Tresen mißbilligend an.

»Platz nicht gut?« fragte der Mann, ohne das Bierzapfen zu unterbrechen.

»Was ist das für Musik?« konterte Harry mit einer Gegenfrage.

»Oh, Superstar aus Italien. Name ist Eros Ramazotti.«

»Eros, soso.« Harry mochte keine Italiener, und italienische Gastwirte hielt er allesamt für Statthalter der Mafia. Daß sich ein Jodelbruder von dort unten Eros nannte, war höchst typisch, schließlich erweckten die Italiener gern den Eindruck, gute Liebhaber zu sein, obwohl sie Schlappschwänze waren. »Die Dame, die ich erwarte, hat wahrscheinlich mit Eros nichts am Hut.«

Der Zapfer schüttelte den Kopf.

»Eros trägt nicht Hut«, erklärte er kategorisch. Harry gab auf, bevor er richtig losgelegt hatte. Schwester Vera interessierte ihn als Frau nur insofern, als daß sie eine schwer zu knackende Nuß sein durfte, in deren Leben es nur einen Mann gab, den Gekreuzigten nämlich.

Der Platz, den sich Harry am Tresen ausgesucht hatte, schuf zwar die von ihm gewünschte Distanz zu den anderen Gästen, hatte aber den Nachteil, daß Harry mit dem Rücken zur Tür saß. Obwohl er sich hin und wieder umdrehte, bemerkte er Schwester Veras Anwesenheit erst, als sie bereits neben ihm stand. Harry war richtig erschrocken, als sie ihn von der Seite ansprach und ihn begrüßte.

»Sie scheinen sich auf Malta nicht besonders gut erholt zu haben«, meinte sie lachend, »schreckhaft, wie Sie sind.«

Harry rückte irritiert ein Stück beiseite. Zum erstenmal sah er die Schwester nicht in ihrer Trainingskluft, sondern in der Kleidung ihres Ordens. Ganz stimmte das natürlich nicht, und jetzt erinnerte sich auch Harry wieder an die flüchtige Begegnung auf der Terrasse des *British*; die Ordenstracht hatte sich ihm eingeprägt.

»Wie war das noch?« Harry hatte sich gefangen. »An ihrer Kleidung sollt ihr sie erkennen?«

»Daran gerade nicht. An ihren Werken.«

»Bei Schneidern ist das identisch«, sagte Harry schlagfertig. Er wollte die Schwester möglichst bei Laune halten, weil ihr Lachen ihm gefiel. Vera legte einen Briefumschlag auf den Tisch.

»Die Fotos?«

»So ist es.«

»Was trinken Sie?« Harry hatte dem Zapfer ein Zeichen gegeben, dieser nickte und trat heran. Ob noch immer dieser Eros seine Liedchen trällerte, konnte Harry nicht beschwören, aber das, was aus dem Lautsprecher drang, unterschied sich nicht von dem, was er nach seinem Eintreffen gehört hatte.

»Wie immer«, sagte Vera. Der Zapfer nickte.

»Ich noch ein Bier.« Harry nahm die Fotos aus dem Umschlag. Es waren drei Farbbilder; auf jedem war Ingo zu sehen, auf einem auch Harry und seine Schwester. Die Fotos waren ebenso dilettantisch wie nichtssagend.

»Enttäuscht?« fragte Vera.

»Nun«, meinte Harry vorsichtig, »es ging ja darum, Sie aufzunehmen, nicht uns. Sie waren das Motiv, auch wenn Sie ziemlich am Rand stehen. Waren Sie im Urlaub unten?«

Der Zapfer brachte den Frascati und die Selters für Vera, während er sich mit dem Bier viel Zeit ließ: Gäste, die einen italienischen Weltstar nicht zu würdigen wußten, konnten warten.

»Eher ein Kurzurlaub.« Vera trank einen Schluck. »Und Sie?«

»Urlaub. Etwas länger. Ein Geschäftsmann braucht das mal.«

Schwester Vera nickte. Harry wurde endlich mit einem Bier versorgt, dann wechselte der Zapfer die CD.

»Und als Geschäftsmann interessieren Sie sich für Aikido«, stellte Vera fest.

»Ich war früher selbst aktiver Kampfsportler«, erklärte ihr Harry, »und wenn ich mehr Zeit hätte, würde ich das Training wiederaufnehmen. Ich habe mich in Berlin ein wenig umgetan, tja, und da bin ich dann auf dieses Aikido gestoßen. Wenn es Ihnen nichts ausmacht, sollten Sie mir gelegentlich die Regeln erklären.«

»Da schlage ich Ihnen lieber die Methode des Learning-by-doing vor. Was bei mir allerdings nicht möglich ist, es sei denn, Sie besuchen noch einmal das Gymnasium.«

»Noch einmal ist gut. Danke für das Kompliment, aber es wäre das erstemal. Nehmen Sie noch einen Wein?«

Vera war einverstanden, Harry bestellte, vergaß aber die Selters.

»Sie sind also Lehrerin?«

»Ja.« Schwester Vera brauchte nur die Hand zu heben, und wenig später stand ein Glas Wasser vor ihr auf dem Tresen. »Deutsch und Religion. Das zweite Fach kommt für Sie sicher nicht unerwartet. So, jetzt habe ich mich offenbart, nun sind Sie dran. Welche Geschäfte betreiben Sie?«

»Handelsgeschäfte. Elektronikbranche.«

»Na, dann wären Sie ja ein idealer Gesprächspartner für unsere Mutter Oberin. Die ist nämlich ein Computerfreak.«

»Nicht zu fassen«, sagte Harry, »die Frau scheint ja eine ungewöhnliche Mutter Oberin zu sein. Machen Sie uns getrost bekannt.«

»Das wird schwierig«, meinte Schwester Vera, »unser Orden hat seinen Sitz in Steinverder in Niedersachsen.«

»Ach«, Harry tat erstaunt, »müssen Sie denn nicht bei Ihrem Orden wohnen?«

»Wir sind aufgeklärter, als Sie denken.« Schwester Vera setzte ein gewinnendes Lächeln auf und zu einem Exkurs über die Geschichte ihres Ordens an, wurde aber von Harry unterbrochen.

»Wo wohnen Sie denn nun eigentlich?«

»Warum wollen Sie das wissen?«

Harry antwortete nicht sogleich. Er ließ sich erst die Speisekarte kommen, schlug sie auf und schob sie Vera hin.

»Ich denke«, sagte er, »wir sollten endlich essen, und dann fahre ich Sie natürlich nach Hause.«

»Nicht nötig«, sagte Vera. »Mein Wagen steht direkt vor der Tür.«

6

Gerhard Schellkowski hatte die Suche nach einem Parkplatz aufgegeben und seinen Wagen hinter dem Bahnhof Zoo in der Jebensstraße abgestellt, die nachts die Domäne der Stricher war und wo nur Dienstfahrzeuge der Bahn, der Post und des Bundesgrenzschutzes Halterechte beanspruchen durften. Auf dem Bahnhofsgelände wimmelte es von den üblichen Gestalten, die sich von den Reisenden dadurch unterschieden, daß sie keine Eile hatten; von Pennern, Fixern, Säufern und entlaufenen Kindern, die ihre Karriere als Penner, Fixer und Säufer vorbereiteten. Selbst Schellkowski, der fast nie mit der Eisenbahn fuhr, war ihre Existenz nicht nur aus der Zeitung, sondern auch von Angesicht bekannt; manchmal begab er sich zum Bahnhof Zoo, um dort seine Zigarettenmarke oder eine Gazette zu erwerben.

Schellkowski erwartete den Polen Marek, den Händler für Atletiko und Stamina, die in irgendwelchen polnischen Garagen und Kellerlabors gebraute Aufbaunahrung. Normalerweise trug Marek einen violetten Jogginganzug mit lindgrünen Querstreifen und eine abgewetzte Baseballmütze, und Schellkowski war davon überzeugt gewesen, ihn auf Anhieb zwischen den Massen ausfindig zu machen, die dem Vormittagsschnellzug aus Warschau entstiegen. Alle Männer in Mareks Alter trugen die gleiche neonfarbene Freizeitbekleidung und die gleichen amerikanischen Schirmmützen, die mittlerweile zu einer Art internationalen Folkloretracht geworden waren. Schellkowski versuchte, Marek anhand seines Gepäcks zu identifizieren; er mußte schließlich ein paar Utensilien bei sich haben, im Gegensatz zu den meisten anderen Polen, die erst auf der Rückfahrt mehr zu schleppen haben würden, als sie tragen konnten. Womit sie die allerdings billige Unterhaltungselektronik aus den unzähligen

Discountläden bezahlten, die sich hauptsächlich in der Umgebung der Kantstraße befanden und mit der sie abends den Fernbahnsteig verstopften, war Schellkowski schleierhaft; womöglich verdienten sie sich ein paar Mark auf den grenznahen Märkten in ihrer Heimat, oder sie boten in Berlin Naturalien in der Art von Atletiko an, oder sie lebten von Konten, auf die sie das Geld ihrer Autodiebstähle einzahlten. Schellkowski traute ihnen alles zu, nur nichts Gutes.

Gerhard Schellkowski fand seinen Kontaktmann am Imbißstand. Mit dem soeben eingelaufenen Zug konnte Marek nicht gekommen sein, denn der Pole verzehrte gerade den letzten Zipfel einer Bockwurst und schüttelte den Kopf, als die Frau vom Kiosk einen leeren Kaffeebecher vor ihm wegräumte.

»Nein«, hörte Schellkowski ihn sagen. »Ich nehme jetzt ein Bier.« Marek gab der Frau einen Geldschein.

»Kleiner haben Sie es nicht zufällig?«

»Weil Sie es sind, will ich mal nicht so sein.« Der Pole griff in die Gesäßtasche seiner Adidas-Hose. »Irgendwo klimpert's.«

Schellkowski trat neben ihn. »Laß gut sein!« Er legte einen Fünfer auf den Zahlteller. »Behalten Sie den Rest, Fräulein.«

Das Fräulein war eine korpulente Dame kurz vor der Rente.

»Danke, der Herr.«

Marek zuckte mit den Achseln und stopfte den Hundertmarkschein nachlässig in seine ausgebeulte Gesäßtasche zurück.

»Ich bin übrigens schon seit gestern in Berlin.« Marek sprach ein akzentfreies Deutsch; er war zu DDR-Zeiten Fahrer bei der polnischen Botschaft gewesen und wohnte seit beinahe einem Jahrzehnt im Ostberliner Bezirk Friedrichshain. Nachdem aus der Botschaft eine Außenstelle der Bonner Vertretung geworden war und Marek dadurch seinen Job verloren hatte, betätigte er sich als Importeur. Obwohl er damit mehr verdiente als ein Kraftfahrer, trug er sehr gern jene Kleidung, die Schellkowski für ein Markenzeichen des verfetteten deutschen Kraftfahrers im Zustand der Muße hielt.

»Ist mir klar, daß du nicht gerade eben erst eingetrudelt bist«, sagte Schellkowski und trat dichter an den Polen heran, so daß dieser sein Flüstern verstehen konnte. »Übergabe wie immer?«

»Schätze, ich muß dich auf morgen vertrösten.«

»Wie?« Schellkowski packte Marek am Jackenärmel.

»Na, na, nicht so heftig, wenn ich bitten darf. Morgen ist schließlich wieder reichlich da. So doll wird's doch nicht brennen bei dir.«

»Scheiß auf morgen«, sagte Schellkowski. »Ich brauch' den Kram unbedingt heute.«

Marek machte sich mit einem Ruck frei. Das Bier schäumte über, und er warf die Büchse in den Abfallkorb unter dem Kiosktresen. Schellkowski ballte die Fäuste.

»Du hast es mir heute versprochen!«

Marek seufzte, ignorierte Schellkowskis drohende Haltung.

»Nun mal wirklich ganz, ganz ruhig. Oder glaubst du, ich steh rein zum Vergnügen hier, weil mich«, er entblößte grinsend zwei schadhafte Schneidezähne, »weil mich deine Gesellschaft so inspiriert?«

Schellkowski biß sich auf die Lippen und beherrschte sich mühsam.

Die Polen waren in letzter Zeit eindeutig am längeren Hebel. Der Bahnsteig leerte sich zusehends.

»Spuck's aus, Marek!«

»Tja...«

»Komm, Freundchen, meine Zeit ist kostbar.«

Marek verbarg die schadhaften Vorderzähne und taxierte Schellkowski mit zusammengekniffenen Augen.

»Mir fällt da noch jemand ein. Allerdings ist der Typ nicht gerade billig, aber soviel ich weiß, hat der immer was in Reserve. Gute Ware, aber wie gesagt, nicht ganz billig.«

Es war offensichtlich, und sie versteckten diese Absicht nicht einmal: Die Pollacken wollten ihn einmachen, weil sie dachten, nach dem Verschwinden der Belgier hätte er ohnehin keine bessere Wahl. Und sie hatten ja recht.

»Was nimmt er?« Schellkowski zündete sich eine Gauloise an und blies den Rauch in Mareks Richtung.

Der Pole ignorierte die Frage.

»Hast du die Knete dabei?«

Schellkowski nickte. Der Pole deutete auf den Bahnsteig hinter der Glaswand des Fernbahnhofs.

»Eine Station mit der S-Bahn.« Marek steuerte auf die Rolltreppe zu. »Ich bring dich noch zum Zug.«

Sie durchquerten die Schalterhalle. Marek drehte sich des öfteren um, wollte sichergehen, daß Schellkowski allein gekommen war. Ein Punk, der sich zwischen zerdrückten Bierbüchsen mitten auf der Treppe zum S-Bahnhof abgelegt hatte, zufällig ohne Kleingeld zum Telefonieren mit Mutti, und die beiden Männer darum ansprach, ging leer aus.

»Fahr bis Savignyplatz und steig in Fahrtrichtung aus«, sagte Marek. »Jemand wird mit einer KaDeWe-Tüte auf dich warten.«

7

»Ich sehe keinen Grund, den Kopf so weit aus dem Fenster zu lehnen, daß ihn jederzeit ein Fallbeil treffen kann«, sagte Ingo kategorisch. »Gott, ja, sie hat Fotos von uns. Schlechte Fotos.« Ingo warf sie über den Tisch, so daß sie vor Rita lagen, allerdings auf dem Kopf. »Na, und nun? Wir haben Urlaub gemacht auf Malta, und Schluß. Ist das verboten? Nein. Was aber garantiert verboten ist: In die Wohnung einer Nonne einsteigen und dort nach Negativen suchen, von denen man nicht mal weiß, ob sie sich überhaupt in dieser Wohnung befinden. Und wenn doch, wird das Fehlen des Films diese Nonne sofort auf unsere Spur bringen. Denn wer sollte ihn gestohlen haben, wenn nicht dieser smarte Geschäftsmann, der mit ihr essen war. Nein, Rita, wir lassen die Finger davon.«

»Trotzdem ist mir die Vorstellung, daß jemand ein Bild von uns dreien hat, nicht angenehm.«

»Rita, das ist eine Nonne«, Ingo schlug mit der flachen Hand auf den Tisch, »eine Nonne, die Religion unterrichtet und irgendeinen Kampfsport. Für Schüler, Rita. Wir versorgen exklusive Studios, keine Kindergärten.«

Das Telefon klingelte. Der Apparat stand dort, wo Rita ihn vor einigen Minuten noch benutzt hatte, auf dem Fensterbrett, und Rita mußte aufstehen, um ihn zu holen. Der Anrufer war Harry. Er hatte sich wieder einmal an Schellkowski gehängt und rief regelmäßig in der Schlüterstraße an. Rita reichte den Hörer an Ingo weiter.

»Unser Freund war gerade am Bahnhof Zoo«, sagte Harry. »Hat sich dort mit einem jungen Typen getroffen, gehobenes Penneroutfit, Jogginganzug und Baseballcap, Zahnlücke und Silberblick. Pole wahrscheinlich.«

»Na, Jogginghosen findest du auch an deutschen Männern.«

»Wenn es Ehekrüppel sind«, ergänzte Rita. Ingo winkte ab.

»Gut, angenommen, es war ein Pole. Was wollte unser Mann von ihm? Liebe, Brot und tausend Küsse wohl kaum.«

»Eine Plastiktüte.« Harry legte eine Pause ein, um seine Worte wirken zu lassen. Ingo sagte nichts. Er kannte seinen Mitarbeiter und wußte, daß er das Warten nicht lange aushalten würde. »Also, Schellkowski hat sich eine Weile mit dem Polen unterhalten, dann ist er weiter mit der S-Bahn zum Savignyplatz. Ich hätte ihn fast verloren in dem Gewühl, und als ich ihn wieder im Blick hatte, trug er plötzlich eine Plastiktüte bei sich. Auf dem Bahnhof Zoo und während der Fahrt hat er die noch nicht gehabt.«

»Sieht so aus, als hätte er noch andere Bezugsquellen«, meinte Ingo nachdenklich.

»So sieht es aus«, bestätigte Harry. »Aber ich muß Schluß machen, unser Freund ist fertig mit seinem Lunch. Wiedersehen, Herr Steinmüller.«

»Na?« fragte Rita.

Ingo beachtete sie eine Zeitlang nicht. Er stellte sich ans Fenster, dachte nach. Schließlich zündete er sich eine Zigarette an und drehte sich abrupt um.

»Sag mal, der Stoff aus dem früheren Ostblock, der ist doch ziemlich mies?« wollte er von Rita wissen.

»Ach, daher weht der Wind. Schellkowski bedient sich jetzt im Osten.«

»Danke für die Antwort.« Ingo war offensichtlich schlecht gelaunt. Rita mußte ihn besänftigen.

»Von der Wirkung läßt das Ostzeug nichts zu wünschen übrig. Aber die Nebenwirkungen sind verheerend.«

»Gut«, sagte Ingo nur.

»Gut?«

»Ja. Wir haben bessere Ware. Verderben wir also Schellkowskis Stoff so sehr, daß er ihn nicht mehr verkaufen kann.«

»Wie willst du das machen? Ich meine, er braucht dann doch ein Feedback.«

»Das soll er kriegen«, sagte Ingo und ging zum Telefon.

Siebentes Kapitel

1

Kimura-sensei, der Aikidomeister, von dem selbst Pastor Tadayama noch etwas lernen konnte, rang seit einigen Minuten um Beherrschung. Er erwartete nicht das Herabfallen eines Meisters vom Himmel, aber daß jemand einen Fehler, den er einmal begangen hatte, nicht wiederholte, das konnte er wohl erwarten.

»Saito-kun, laß den Oberkörper gerade!«

Saito, der zum viertenmal seinen Partner wie einen Mehlsack abwarf, antwortete mit einem respektvollen »Hai!« und krümmte wieder ab. Kimuras Mundwinkel erreichten ihren Tiefpunkt, und er klatschte energisch in die Hände.

»So nicht. Bitte, Tadayama-san, wir machen es noch einmal vor.«

Pastor Tadayama verbeugte sich vor dem Meister und griff an mit einem rechten Faustst0ß zum Kopf. Kimura wich mit einem Gleitschritt nach links aus und berührte mit seinem rechten Ellenbogen leicht die kurzen Rippen von Tadayamas Angriffsseite. Mit beiden Händen ergriff er Tadayamas rechten Jackenärmel am Oberarm. Eben noch neben dem Angreifer, drehte Sensei seinen Rücken vor Tadayamas Bauch und ging fließend auf die Knie, wobei er den Rücken geradehielt. Tadayama schoß über Senseis rechte Schulter, schlug kraftvoll mit der linken Körperhälfte ab, um den Fall zu mildern.

»Habt ihr mich jetzt verstanden?« Kimura-sensei schaute fragend in die Runde. »Wenn ich den Rücken beuge, kann Tadayama-san mich ganz einfach umreißen.«

Ein vielstimmiges »Hai! Hai!« erklang aus der Reihe der zuschauenden Aikidoka. Besonders laut und deutlich war das von Saito-kun zu vernehmen. Kimura gab ein Zeichen, das Training ging weiter. Die zierliche Michiko und Saito-kun übten unter dem Shinto-Schrein an der Stirnwand des Dojos. Saito warf seine Partnerin, machte dabei erneut einen Rundrücken und landete mit dem Gesicht auf der Matte. Kimura-sensei schloß resigniert die Augen.

»Schluß für heute, es ist Zeit!«

Die Aikidoka hockten sich nach Rang geordnet an den Mattenrand. Kimura-sensei saß mit Blick auf den Kamiza, den Miniatur-Schrein. Pastor Tadayama hatte seinen Platz einen halben Meter hinter Sensei, aber noch in deutlichem Abstand zu den Schülern.

»Rei!«

Alle Köpfe im Dojo neigten sich.

Kimura-senseis monatlicher Besuch in Kamakura war eine immense Hilfe für Pastor Tadayamas Aikidogruppe vom Christian College, und um sich für die Unterstützung seitens des großen Meisters zu bedanken, lud Tadayama ihn stets nach dem Training in ein Spezialitätenrestaurant ein. Gutes Essen war eine Leidenschaft der beiden Männer.

Diesmal hatte der Pastor ein kleines Fischrestaurant hoch über der Sagamibucht ausgewählt. Eine Regenbö preßte die rotlackierten Papierlaternen gegen die hölzerne Schiebetür, aber innen war es warm und gemütlich, zumal zwei Krüge heißen Reisweins die Männer aufwärmten.

»Nun, Tadayama-san«, erkundigte sich Kimura, »alle Reisevorbereitungen erledigt?«

Tadayama signalisierte der Wirtin, der Mama-san, sie möge zwei weitere Krüge Sake bringen, bevor er antwortete.

»Weitgehend, Sensei. Morgen sollen die Tickets im Reisebüro sein. Die Travellerschecks habe ich heute schon abgeholt. Das wäre alles geregelt.«

Er machte eine Sprechpause, um die gegrillte Goldbrasse vorsichtig mit Sojasauce zu nappieren und in einem Schälchen Essig und Zucker mit Misopaste zu verrühren.

»Ich mache mir Sorgen um Vera-san. Ihr letzter Brief, nun, ich habe Ihnen ja am Telefon davon erzählt. Natürlich freut sie sich auf unseren Besuch, aber wenn sie am Ende nicht bei der Sache ist, vielleicht ist es ein Fehler zu fahren.«

Während Tadayama sprach, löste Kimura die knusprige Haut der Brasse, zog sie durch den Misopastendip und verschmähte auch die krosse Schwanzflosse nicht. Akkurat legte er seine Eßstäbchen auf einen speziell dafür vorgesehenen, polierten Flußkiesel und lehnte sich behaglich an den alten Eichenpfosten der Tokonoma, der Ehrennische.

»Sie sollten das nicht überbewerten, Tadayama-san. Von hier aus können Sie doch gar nicht einschätzen, wie es Vera-san wirklich geht. Wenn am Christian College ein Schüler getötet werden würde, so würde das auch nicht spurlos an Ihnen vorbeigehen. Und trotzdem, würden Sie daraufhin alles abblasen? So schlimm es klingt, das Leben geht weiter, und zwar so wie zuvor.«

Pastor Tadayama nickte. Was Kimura-sensei soeben festgestellt hatte, waren Binsenweisheiten; Veras Brief war fast zwei Wochen alt, möglicherweise hatte sie den Schock längst überwunden. Außerdem würden die Gäste aus Japan eine Ablenkung für sie sein.

»Kampai! Auf Ihre Deutschlandreise!« prostete Kimura. »Und, Mama-san, bitte noch zwei!«

Die Sakekrüge kamen augenblicklich, so als habe die Wirtin bereits mit der Bestellung gerechnet. Als Service des Hauses und Zukost zum Sake kredenzte die Mama-san unter vielen Verbeugungen einen Teller frisch gerösteter, würzig duftender Maronen, die sich noch in ihren Schalen befanden. Bereits an der Haltung von Kimura erkannte Tadayama, daß ihm gleich eine längere Rede bevorstand; der Sensei, durch fast alle Schulen der Selbstbeherrschung gegangen, konnte zwar stundenlang schweigen, aber gelegentlich redete er auch gern.

»Tadayama-san, Sie kennen doch Vera«, begann er, pellte eine der Maronen und reichte sie dem Pastor. »Sie hat nie etwas beschönigt. Sogar sich selbst hat sie immer schlechter eingeschätzt, als sie wirklich war. Die wissen ja, ihr Hang zur Perfektion. Vera-san gab immer erst Ruhe, wenn sie eine Technik lehrbuchreif verinnerlicht hatte.«

»Ja, aber was hat das mit diesem Mord zu tun?«

»Vera wollte Ihnen einfach ein Bild von Berlin geben, das sie für korrekt hielt. Damit Sie sich keine Illusionen machen, in was für eine Stadt Sie fahren. Daß die sich verändert hat.«

»New Yorker Verhältnisse, ich weiß.«

»Sagen Leute wie wir, die weder Berlin noch New York kennen.« Kimura freute sich an seiner klugen Antwort wie ein Kind. Der heiße Sake hatte sowohl ihn als auch Tadayama in einen euphorischen Zustand versetzt. »Ich weiß nicht, Tadayama-san. Warum immer solche Vergleiche? Eine Stadt ist eben, wie sie ist. Aber was sagen die Leute? Venedig des Nordens, Venedig des Südens, das New York Europas und solche Sachen. Auf die Idee, Tokio das Chicago Japans zu nennen, ist meines Wissens noch keiner gekommen, oder?«

»Warum auch? Jedenfalls werde ich mich mit eigenen Augen davon überzeugen können, wie es in Berlin aussieht.«

»Das sollten Sie tun. Aber vor allem müssen Sie mit Saito-kun den Wurf üben.« Kimura beugte sich verschwörerisch vor. »Denn sehen Sie, Tadayama-san, wir haben die Europäer auf fast allen Märkten geschafft. Nun stellen Sie sich vor, deutsche Oberschüler sind uns in Aikido überlegen. Welch eine Blamage. Mama-san, ein Taxi bitte!«

2

Ermüdet von einem üppigen Lunch, bestehend aus den Spezialitäten eines benachbarten Gastronomen mit eingebildeten Italienkenntnissen, hatte sich Ingo im Büro aufs Ohr gelegt. Das Telefon unterbrach seinen Mittagsschlaf, bevor er überhaupt richtig begonnen hatte. Ingo blieb liegen und langte nach dem Hörer. Bevor er sprechen konnte, mußte er ein paarmal rülpsen; genuine italienische Küche war eben doch eine Überforderung für eine Eßkultur, deren höchste Errungenschaft das Eisbein war.

»Büro Steinmüller«, meldete er sich.

»Bert am Apparat«, sagte Harry, der sich endlich mit seinem neuen Namen arrangiert zu haben schien. »Hat Schellkowski angerufen?«

»Ja.«

»Und?«

»Na, er will Nachschlag.«

»Hat er gesagt, warum?«

Ingo richtete sich nun doch auf und griff nach seiner Zigarettenschachtel.

»Er plant eine Betriebserweiterung«, sagte er.

»Ach, nein. Kein Wort darüber, was seinem Alfa widerfahren ist?«

»Kein Wort.« Ingo lächelte den Hörer an.

»Mächtig taktvoll von ihm, dich nicht mit derartigen Nebensächlichkeiten zu belästigen. Wieviel will er denn noch haben?«

»Weitere dreißig Mille.«

»Gegen weitere zwanzig Prozent?«

»Exakt.«

»Wetten?«

»Was?«

»Wetten, daß er sich davon ein neues Auto besorgt?«

Ingo mußte lachen.

»Nein, Bert, Wetten macht nur Spaß, wenn ein gewisser Kitzel bezüglich des Ausgangs dabei ist. Stell du dir mal Schellkowski im Großen Gelben oder in der U-Bahn vor.«

»Gelingt mir beim besten Willen nicht. Hast recht«, sagte Harry. »Und wie weiter?«

»Sowie er mit den Raten zu spät rüberkommt, setzen wir ihn eh unter Druck.«

»Zur Not kann ich ihm ja auch noch seine Wohnung abfackeln.«

»Genug gezündelt, Bert. Wie sieht's mit den Polen aus?«

»Hab ich ausgekauft. Außerdem nimmt Schellkowski denen bestimmt nichts mehr ab. Früher oder später kracht jemand zusammen, an den er Polenzeug weitergegeben hat.«

»Prima. Und wie kommen unsere Sachen an?«

»Bestens. Jeder will die Quelle wissen. Wann fliegt der Dicke ein?«

»Bald, Harry, bald.«

3

Zum Revier von Wotan und des Hundeführers Berg gehörte auch das Tegeler Fließtal. Hauptmeister Berg schätzte die Streifengänge durch das Tal ebenso wie sein schwarzer Schäferhund; für das Tier gab es allerlei Aufregendes zu beschnuppern, für den Hauptmeister war es vor allem die reine

Luft, die ihn anzog. Gerade war eine Gruppe von Joggern in den T-Shirts des Martin-Luther-Gymnasiums an ihnen vorbeigeprescht. Wotan hatte sich vorbildlich verhalten, und der Hundeführer hatte allen Grund, stolz zu sein auf seine Leistungen beim Abrichten. Sogar einen Preis hatten Hund und Herrchen schon gewonnen.

Nur als ein korpulenter Nachzügler sie keuchend und taumelnd überholte, hatte Wotan die Regeln verletzt und dem Pennäler merkwürdig aufgeregt hinterhergeschnuppert. Hauptmeister Berg nahm die Leine kurz und blickte dem dicken Jungen nach, bis er stolpernd hinter einer Wegbiegung verschwand. Berg war beim letzten Polizeisportfest in einer sensationellen Bestform gewesen und war eine phänomenal gute Zeit gelaufen. Vor zwei Jahren wäre eine solche Zeit undenkbar gewesen, da hatte er beim Langstreckenlauf mindestens genauso geschnauft wie der Schüler eben, aber dann hatte der Hauptmeister das Rauchen aufgegeben. Polizeihauptmeister Berg war mit sich und der Welt zufrieden.

Kurz vor der Wegbiegung begann Wotan plötzlich zu ziehen und anzuschlagen. Hauptmeister Berg ahnte Schlimmes.

Der dicke Jogger lag reglos in der Wegmitte.

»Sitz!« befahl Berg scharf, und Wotan saß sofort. Der Polizist legte die Leine neben den Hund und kniete nieder. Der Puls des Gestürzten war kaum spürbar, aber immerhin lebte er noch. Der Hauptmeister erinnerte sich seines Erste-Hilfe-Kurses, drehte den Jogger in die stabile Seitenlage und nestelte das Funkgerät vom Gürtel.

»Ein Jogger, sagen Sie?« erkundigte sich der Mann aus der Zentrale.

»Ja. Vielleicht hat er sich überfordert mit dem Rennen. Ist bißchen dick, der Junge.«

»Na, soll ich die Feuerwehr verständigen? Die können ja einen Rettungswagen schicken.«

»Warum keinen Hubschrauber?« fragte Berg.

»Wo soll'n der landen da draußen?«

»Auf einer Wiese. Das geht bestimmt, es hat seit Tagen nicht geregnet.«

»Hat er Papiere bei sich? Verdammt, könnt ihr nicht mal einen Augenblick still sein, man versteht ja sein eigenes Wort nicht mehr.« Die Hintergrundgeräusche erstarben.

»Papiere? Moment, ich schau mal nach.« Berg durchsuchte den Bewußtlosen. In der Gesäßtasche schien etwas zu sein, und der Hauptmeister öffnete den Klettverschluß. Eine Zigarettenpackung, ein Wegwerffeuerzeug und ein zerknülltes Papiertaschentuch kamen zum Vorschein.

»Nein, keine Papiere, bloß eine Schachtel West«, meldete Berg. In der Zentrale hatte man die Feuerwehr verständigt.

Die Zigarettenschachtel war nicht mehr versiegelt. Hauptmeister Berg begutachtete den Inhalt. Die Hälfte der Zigaretten fehlte. Ein Zipfel von der Plastikhülle steckte in der Schachtel. Berg zog sie heraus. Der Jogger hatte sich ein Tütchen daraus gebastelt. Das Tütchen war nicht leer.

Hauptmeister Berg griff erneut zum Sprechgerät.

4

Schellkowski hatte kein Ohr für den Pianisten, der die Gäste des *Bristol Hotel Kempinski*, die sich in der überfüllten Lobby aufhielten, mit ein paar Evergreens verwöhnte. Er schaute sich um auf der Suche nach einem Mann, von dem er zwar nur Steinmüllers Beschreibung hatte, die aber ziemlich eindeutig war: Nach einem Drei-Zentner-Mann habe er zu suchen. Schellkowski steuerte auf die Sitzgruppe zu.

»Herr Lelouche?«

Der Angesprochene unternahm einen halbherzigen Versuch, sich aus dem voluminösen Klubsessel zu erheben, und reichte Schellkowski die Hand. Obwohl er behäbig wirkte, hatte Schellkowski den Eindruck, daß von dem dicken Mann eine physische Gefahr ausging; er erinnerte ihn an ein Nashorn, und Nashörner waren flinker als allgemein angenommen, allerdings auch fast blind. Lelouche schien es auch zu sein; er trug eine Brille mit schwerer Goldfassung. Die Gläser waren zentimeterdick.

»Herr Schellkowski, nehme ich an. Sehr erfreut. Herr Steinmüller läßt sich entschuldigen, er kommt etwas später.« Willem van Holt machte eine einladende Handbewegung. »Aber bitte, nehmen Sie doch Platz!«

Schellkowski setzte sich. Er füllte seinen Sessel nur zur Hälfte aus, während er für den Dicken fast etwas knapp war. Ein lautloser Kellner brachte Getränke. Die Art, wie Monsieur Lelouche um mehr Eiswürfel bat, zeigte, daß er gewohnt war zu befehlen. Vom Fachberater einer luxemburgischen Bank, von Steinmüller als eine außerordentlich wichtige Persönlichkeit empfohlen, die mit innovativen und unorthodoxen Methoden neue Märkte erschließen wolle, war das wohl zu erwarten.

Kaum daß Schellkowski saß und von seinem Drink genippt hatte, begann Monsieur Lelouche auch schon zu predigen. Dabei schaute er den Studiobesitzer fast liebevoll an, so daß dieser fast vergaß, daß er dem Finanzexperten als ein säumiger Schuldner gegenübersaß, der mit seinen Tilgungsraten an Herrn Steinmüller gewaltig ins Hintertreffen geraten war.

»Wir leben in einer intensiven Zeit«, dozierte Willem van Holt, und ein sphärisches *Yesterday* untermalte seine Worte, »in einer Zeit, in der die junge Generation ständig Engagement zeigen muß. Auf allen Gebieten. Die Tage der haschenden Hippies sind längst Geschichte. Wer etwas werden will, fährt Mountainbike und ißt in Vollwert-Restaurants mit drei Michelin-Sternen. Aber wem sag ich das. Sie wissen das wahrscheinlich alles besser als ich.« Willem nahm einen Schluck von seinem farbenfrohen Mixgetränk und studierte das Gesicht seines Gegenübers, um die Wirkung seiner Worte abzulesen. »Unser Präparat *Dynamic«,* fuhr er siegesgewiß fort, »entspricht vollauf diesen Bedürfnissen einer modernen Welt und ist, wenn Sie so wollen, zukunftsweisend. Gerade die Heranwachsenden, Herr Schellkowski, gerade sie werden von der Leistungsgesellschaft ständig gefordert. *Dynamic* von *Olympic Pharm* stützt die Konzentrationsfähigkeit über Stunden, motiviert zum Durchhalten, erhöht vor allem die individuelle Angstschwelle vor Prüfungs- und ähnlichen Streßsituationen beträchtlich.« Der Dicke war kaum zu bremsen in seinem Missionseifer. »Aber das ist ein Kindertrank neben unserem Spezialprodukt *Endure zwei.* Merken Sie sich den Namen gut, Herr Schellkowski. *Endure zwei* wird sogar von Militärpiloten von Uganda bis Brunei überaus gelobt.«

Schellkowski war bereits platt wie eine Flunder, als Willem ihm obendrein noch als Argumentationshilfe eine Grafik präsentierte, die Aufschluß über die Verdienstmöglichkeiten eines energischen Vertreibers gab und dermaßen verwirrend war, daß sie überzeugte; niemand mochte sich die Blöße geben einzugestehen, daß er sie nicht verstand. Willem orderte noch einen weiteren Drink, um sich die Zunge zur Fortsetzung seiner Predigt zu befeuchten.

»Besonders interessant für Ihre Branche, Herr Schellkowski, ist wahrscheinlich die Neuentwicklung *Herkules,* das faszinierende Ergebnis einer Langzeitstudie von *Olympic Research* in Venezuela, geradezu ein unbedingtes Muß für den körperbewußten Kraftsportler.« Er öffnete eine Pillendose und zeigte Schellkowski den Inhalt. »Schauen Sie selbst,

Transport- und Lagerungsprobleme entfallen, die Präparate sind hochkonzentriert.«

Schellkowski begutachtete die winzigen Pillen und mußte an sich halten, um seine Erregung zu verbergen. Das mußten die Minis sein, nach denen alle in Berlin so verrückt waren, und vor ihm saß der Mann, den jeder Dealer der Stadt liebend gern kennengelernt hätte.

Ingo hielt sich schon eine Weile in der Lobby auf, zeigte sich aber nicht und beobachtete Schellkowski und Willem nur, bis er sah, daß der Studioinhaber absolut überzeugt war.

Der Dicke entdeckte ihn als erster.

»Ach, schön, daß Sie kommen, Herr Steinmüller«, sagte er und nickte in Richtung Schellkowski. »Dieser Herr hier ist ab sofort Generalvertreter von *Olympic Pharm* in Berlin. Ich werde mich umgehend bei meiner Direktion dafür einsetzen, daß Herr Schellkowski einen gut dimensionierten zinslosen Kredit zum Aufbau einer Vertriebsorganisation bekommt.«

»Das ist ja hervorragend«, meinte Ingo und strahlte Schellkowski an. Schellkowski war halb bewußtlos vor Begeisterung.

»Natürlich macht er mit«, sagte Willem van Holt, als Ingo ihn nach einem letzten Drink zum Flughafen fuhr. »Ich habe ihm erklärt, es handle sich um Pharmaerzeugnisse, bei denen die EG aus urheberrechtlichen Gründen noch mit der Freigabe zögert. Glaube kaum, daß er mir richtig zugehört hat. Hatte das Gefühl, ihn interessiert das auch alles gar nicht, Hauptsache, er kommt wieder an Geld. Motto: Legal, illegal, scheißegal.« Der Dicke legte Ingo die schwere Hand auf die Schulter. »Die Geschwister müssen ihn trotz alledem überwachen, so gut es geht. Er ist nicht unbedingt hyperintelligent, aber er ist mit Sicherheit gerissen.«

»Schon kapiert, Willem. Wenn wir ihn unter wohldosiertem Finanzdruck belassen, wird er uns den Schotter schon ranbaggern. Harry hat immer ein paar Sachen in Vorbereitung, mit denen man Schellkowski zum Spuren bringen kann.«

»Ich habe nichts anderes erwartet.« Willem van Holt hob die Hand zum Abschied. »So, verehrter Herr Steinmüller, und nun darf ich mich verabschieden. Mich ruft eine Stadt, in der man wirklich gut essen kann.«

5

Schwester Vera und der Hauptkommissar von der Mordkommission begegneten einander auf dem Schulhof, und Vera mochte nicht daran glauben, daß auch das ein Zufall war. Vera war auf dem Heimweg, der Kripomann hatte anscheinend die Absicht, dem MLG mal wieder einen Besuch abzustatten. Als er Vera erkannte, blieb er stehen und wartete auf sie.

»Lehrer müßte man sein«, sagte der Kommissar und verbeugte sich leicht vor Vera. »Unsereins arbeitet Tag und Nacht, und die Lehrer gehen nach dem Mittagessen nach Hause.«

»Ihre Tag- und Nachtarbeit scheint aber nicht sehr erfolgreich zu sein«, meinte Vera spitz. »Oder sind Sie gekommen, um uns zu sagen, daß der Mord ...«

»Nein.« Das Gesicht des Kriminalbeamten bekam einen fast haßerfüllten Ausdruck. »Und die Bemerkung mit der Erfolglosigkeit gebe ich zurück. Früher waren die Gymnasien noch Eliteschulen, aber heutzutage ... ziemliche Früchtchen, die Sie auf die Menschheit loslassen. Leider kann die Polizei nur Lokale schließen lassen und keine Schulen.«

»Ich habe gerade gelesen, daß der Rechtschreibtest für

Bewerber bei der Polizei wieder abgeschafft werden soll, weil ansonsten der Berufsstand ausstirbt. Stimmt das?«

»Wenn die Lehrer die Polizei nicht mehr achten, dann kann es ja nichts werden mit der Erziehung der jungen Generation.«

Der Hauptkommissar steckte sich eine Zigarette an. »Ich habe kein Abitur und habe keinen Rechtschreibtest machen müssen und weiß trotzdem einiges von der Orthographie. Trenne nie Es Te, denn es tut ihm weh. Sauerstoffflasche schreibt man mit drei F, Schiffahrt mit zwei. Zwei Hauptsätze werden durch ein Komma voneinander getrennt, zwei siamesische Hauptkommissare trennt man ohne Komma.«

»Sie sind sehr klug und sehr witzig. Darf ich jetzt nach Hause gehen? Ich habe die Klassenarbeiten zweier Elfter zu korrigieren.«

Der Kommissar schaute sich Vera eine Zeitlang skeptisch an und rauchte gemächlich seine Zigarette zu Ende.

»Auf Wiedersehen«, sagte Vera.

»Augenblick, Frau Veltheim. Oder Schwester, wenn es Ihnen lieber ist. Ich habe einige Fragen an Sie und könnte Sie notfalls zwingen, diese Fragen zu beantworten. Wir können das aber auch hier draußen an der frischen Luft erledigen.« Der Kripomann unterbrach sich kurz, aber da Vera schwieg, setzte er seine Rede fort. »Meine Fragen werden Sie nicht überfordern. Die meisten können Sie mit ja oder nein beantworten. Kann ich beginnen?«

»Bitte.« Vera nickte.

»Danke. Ad eins: Sie unterrichten an diesem netten Gymnasium Deutsch und Religion. Richtig?«

»Richtig.«

»Ja genügt. Obendrein bieten Sie eine Kampfsportarbeitsgemeinschaft an.«

»Ja.«

»Sind Ihnen in letzter Zeit Veränderungen an dem einen oder anderen Schüler dieser AG aufgefallen? Irgendwelche Merkwürdigkeiten, ein seltsames Verhalten?«

»Ja.«

»Ach? Tatsächlich?«

»Ja.«

»Können Sie das vielleicht präzisieren?«

»Ja.«

»Dann tun Sie das bitte.«

»Ja.«

»Und?«

»Ja.«

»Gut, Sie haben gewonnen.« Der Mann vom Mord machte eine devote Geste, die nicht zu ihm paßte und höchstwahrscheinlich um der Wirkung willen antrainiert war. »Wir haben vor anderthalb Stunden einen Schüler Ihres Gymnasiums gefunden. Zusammengeklappt beim Ausdauerlauf im Tegeler Fließtal. Keine Sorge, er lebt. Mußte aber ins Krankenhaus. Tja, was wie ein Kreislaufkollaps aussah, nein, falsch, es war ein Kreislaufkollaps, allerdings einer infolge Drogenkonsums. Irgendein Aufputschmittel, eine Art Ecstasy. Ich verstehe davon zuwenig, aber sicher ist, das war ziemlich schmutziges Zeug, gestreckt bis zum Get-no. Normalerweise haben wir Spezialisten, die sich mit Verstößen gegen das Betäubungsmittelgesetz befassen, aber da es ein Schüler von Ihnen war... Und dieser Mord zehrt immer noch an unseren Kräften. Will sagen, möglicherweise besteht ein Zusammenhang.«

Achtes Kapitel

1

Schellkowski war kalkweiß im Gesicht, und seine Hände zitterten. Es waren noch keine zwanzig Minuten vergangen seit dem Anruf des Wachschutzmannes, der den Einbruch in Schellkowskis neuen Laden *Sound Shop* bemerkt hatte. Noch nie hatte der Berliner Generalvertreter von *Olympic Pharm* den Weg zwischen seiner Wohnung und dem Laden so schnell zurückgelegt wie an diesem frühen Morgen.

So viele hoffnungsvolle Anfänge es in den letzten Wochen und Monaten in Schellkowskis Geschäftsleben auch gegeben hatte, jeder Neubeginn schien schiefzugehen. Die Belgier hatten sich von der Polizei schnappen lassen, die Polen hatten verschnittene Ware geliefert, dafür war aber schließlich *Olympic Pharm* eingesprungen, und es sah für Schellkowski wieder nach einer rosigen Zukunft aus. Er hatte einen guten Kredit bekommen, sich eine neue Nobelkarosse zulegen können, denn zu seiner damaligen Pechsträhne gehörte auch, daß sein nicht kaskoversicherter Alfa abgefackelt worden war, er hatte ein stabiles Verteilernetz für den neuen Stoff aufbauen und mit dem Geld aus Luxemburg sogar ein neues Geschäft einrichten können, den *Sound Shop*. Mittlerweile nannte er mehrere Verkaufsstände für CDs und Pop-Kassetten sein eigen, und er verdiente noch zusätzlich am Verkauf taiwanesischer Raubkopien. Es war aufwärts gegangen. Und nun verdarb ihm dieser Einbruch den Tag. Denn wer immer ihn verübt hatte, er hatte nicht nur gewußt, was er wollte, sondern vor allen Dingen, wo er suchen mußte. Nichts war zerstört worden, es gab keine durchwühlten Schubladen, keine umgeworfenen Regale. Die Ladentür war fachmännisch, ohne sichtbare Kratzer, geöffnet und nach vollbrachter Arbeit wieder zugezogen worden; fast sah es aus, als hätte jemand einen Nachschlüssel benutzt.

Oder den Zweitschlüssel. Schellkowski brach der Schweiß aus. Er tastete nach den Zigaretten in der Innentasche der Lederjacke, brachte es aber nicht fertig, sich eine anzuzünden. Die Lücke zwischen den MCs war eindeutig. Irgend jemand mußte beobachtet haben, wie er das Zeug dort verstaut hatte.

Schellkowski knirschte vor Wut mit den Zähnen. Eine ganze Monatslieferung war futsch, aber das war nicht einmal das Schlimmste. Viel schwerer wog, daß ihm seine Gläubiger, daß ihm Lelouche und Steinmüller den Bruch nicht abnehmen und umso beharrlicher auf eine pünktliche Ratenzahlung insistieren würden. Schellkowski hatte aber investiert und hatte das Geld momentan nicht flüssig.

Der Studio- und Ladenbesitzer zwang sich zur Ruhe und zu nüchterner Überlegung. Der Einbruch war eindeutig ein Insiderjob, und im Prinzip kamen nur drei Leute dafür in Frage. Bisher war Schellkowski wie eine Katze immer wieder auf die Beine gefallen, und das sollte ihm in diesem Fall eigentlich auch gelingen. Obwohl es erst kurz vor zehn war, würde er, Glück im Unglück vorausgesetzt, Panke-Peter schon jetzt in seiner Stammkneipe antreffen.

Die Gegend in Wedding, in der Schellkowski den Mann suchen mußte, der für Honorar unliebsame Personen verschwinden ließ, war Schellkowski so fremd, daß er immer wieder lange suchen mußte, um Panke-Peters Kneipe zu finden. Von der Müllerstraße aus konnte er sich halbwegs orientieren. Er überquerte den Leopoldplatz und bog nach links in die Gerichtstraße ein. In der Umgebung allerdings mußte er erst eine Weile herumkurven, bis er die Kneipe *Zur Sonne* am Ende einer Sackgasse zwischen einem Kohlenplatz und einer Kfz-Werkstatt fand.

Weder die Aussichten der Kneipe noch die ihrer Gäste durften sonnig sein; das Ambiente war alles andere als gemütlich, die Gardinen waren gelb vom Nikotin, die Fensterscheiben ungeputzt, an den Resopaltischen saßen Menschen, die aussahen, als hätten sie seit Jahren weder Arbeit noch Unterkunft. Peter Müller, genannt Panke-Peter, gehörte zwar zu diesen Leuten, hob sich aber von ihnen ab, weil er noch nicht so heruntergekommen war wie sie. Daß Schellkowski ihn kannte, war allerdings kein Zufall; bevor er auf die schiefe Bahn geriet, war Müller so etwas wie ein Partner von Schellkowski gewesen, und für die Schmutzarbeit stand er noch immer zur Verfügung.

Panke-Peter saß rauchend am Tresen und studierte den neuen *Kicker*. Seinen Spitznamen hatte man ihm verliehen, weil er bei Schlägereien die Verlierer gern kopfüber in das Weddinger Flüßchen beförderte. Als ihm das einmal sogar von der Wiesenstraßenbrücke aus gelungen war, sah sich die Justiz allerdings genötigt, ein bißchen Wind zu machen, und Panke-Peter mußte sich für einige Zeit mit einem Einzelappartement in der Vollzugsanstalt Tegel als Lebensraum begnügen.

»Sieh mal einer an, Besuch aus der Vergangenheit.« Müller faltete die Fußballzeitung zusammen und beschwerte seine Lieblingslektüre mit einer Sparbüchse in Bulldoggengestalt, in die der schüttere Wirt die spärlichen Trinkgelder steckte. Schellkowski setzte sich auf den Hocker neben Panke-Peter und schaute fragend auf dessen halbleeres Bierglas. Müller nickte und reckte zwei Finger in die Luft. Der Wirt fixierte mit seinen Triefaugen den neuen Gast.

»Auf wen?«

»Geht alles auf mich«, sagte Schellkowski.

Der Wirt nieste, wischte sich mit dem Handrücken die Nase und fing zwei Halbe an. Aus dem zerkratzten Ghettoblaster klirrten deutsche Schlager.

»Was sagt denn dein Terminkalender, Peter?«

Panke-Peter zerdrückte seinen Zigarettenstummel in dem überquellenden Aschenbecher.

»Bin im Moment nicht gerade das, was man überlastet nennt. Die einzigen regelmäßigen Termine habe ich bei meinem Bewährungshelfer.« Er lachte und trank dann sein Glas aus.

»Hör ich gern«, sagte Schellkowski. »Wie wär's mit etwas Betätigung?«

»Kommt drauf an, was es ist. Leg los!«

»Tja«, Schellkowski schob Panke-Peter ein Frischgezapftes zu, »mich interessiert ziemlich, wie so ein paar Leute ihre Tage und Nächte verbringen.«

»Was für Leute?«

»So'n paar Typen, von denen ich vermute, daß sie mich nach Strich und Faden bescheißen.«

»Und ich soll sie vermutlich gesprächig stimmen?« Der Bademeister vom Wedding nahm einen kräftigen Schluck und schüttelte den Kopf. »Nix da, bin noch auf Bewährung.«

»Aber, aber, davon redet doch kein Mensch.« Schellkowski bot Müller eine Gauloise an, gab ihm auch Feuer. »Ich brauche bloß jemanden, der ihnen morgen und übermorgen nicht von der Pelle rückt und sich genau merkt, wo diese Scheißer so überall rumturnen.«

»Dope?«

»Um Gottes willen, nein, bewahre! Kassetten und CDs, Raubkopien aus Italien.«

Panke-Peter tat, als würde er angestrengt überlegen. Der schniefende Wirt brachte auf Schellkowskis Zeichen hin Nachschub.

»Nur hinterherlaufen?«

»Nur hinterherlaufen«, sagte Schellkowski.

»Dann geht's okay«, sagte Panke-Peter. »Zwei Tage, meintest du?« Die nächste Frage formulierte er mit Daumen und Zeigefinger.

»Dreihundert gleich«, sagte Schellkowski, »und drei große Blaue zum Schluß.«

»Gebongt«, sagte Panke-Peter. »Hast du Fotos von ihnen?«

»Nein, aber einen von den Typen kann ich dir nachher im *Humboldtgarten* zeigen. Die beiden anderen beschreib ich dir genau.«

2

Innerhalb weniger Tage war Vera zum zweitenmal von einem Mann zum Essen eingeladen worden, zuerst von dem Kampfsportenthusiasten und Geschäftsmann Bert, nun von einem Kriminalkommissar. Ob die erste Einladung nur Berts Interesse an Aikido befriedigen sollte und nicht auch Schwester Vera als Frau galt, vermochte sie nicht zu sagen; die Einladung des Kripobeamten jedenfalls war rein dienstlicher Natur. Wieder einmal saß Vera in männlicher Begleitung im *Humboldtgarten.* Wenn das so weiterging, würde sich das Personal noch wundern über den Männerverbrauch einer protestantischen Ordensschwester.

Seit einem Anruf am Vormittag, für den sie eigens aus dem Unterricht ins Sekretariat geholt worden war, wußte Vera, daß die japanische Aikidotruppe in Frankfurt am Main gelandet war und von dort eine Rundreise durch Deutschland begonnen hatte. Bereits aus Goslar hatte Pastor Tadayama angerufen. Seine Schäfchen schienen jeden ihrer Tage mit einem Kater zu beginnen, weil sie mit besonderer Hingabe das deutsche Bier studierten. Aber das taten die Deutschen ja auch gern, wie sie am Beispiel des Kriminalbeamten sah; der hatte sich nämlich einen halben Liter Warsteiner bestellt.

»Wissen Sie«, sagte er, »was diesen Mord auf der Schultoilette betrifft, tappen wir ziemlich im dunkeln. Nur eines weiß ich mit Bestimmtheit: Der Knabe hat vor seinem Tod noch eine ordentliche Portion Cannabis zu sich genommen. Geraucht, wie es aussieht. Nun gut, das muß nichts bedeuten, junge Leute probieren dieses Zeug ja gern mal aus, es war eine Fete, warum also nicht? Nur, Frau Veltheim, der Bengel hatte nicht eine Krume Stoff in seinen Klamotten. Dafür gibt es ebenfalls viele Erklärungen. Er kann das Zeug gut verpackt und die Verpackung weggeworfen haben, als der Stoff alle war. Er kann ihn aber auch von jemand anderem bekommen haben, von diesem ominösen Mann etwa, den Ihr Robert gesehen haben will.«

»Es ist nicht mein Robert«, protestierte Vera.

Der Kripomann fegte ihren Einwand mit einer raschen Handbewegung vom Tisch.

»Dieses zum Mord«, fuhr er fort. »Nun findet ein Schutzpolizist im Tegeler Fließtal einen jungen Mann, zusammengebrochen auf einem Weg liegend. Einen Schüler des MLG, mit seinen Mitschülern beim Jogging. Mit kollabiertem Kreislauf. Im Krankenhaus nimmt man dem Jungen Blut ab und stellt fest, daß er sich mit leistungsfördernden Drogen aufgeputscht hat. Mit einem Präparat, das auf dem Markt als Atletiko zu haben ist. Ich finde es bemerkenswert, daß Drogen verschiedener Coleur am MLG kursieren.«

»Und Sie glauben ernsthaft, auch in meiner Aikidogruppe? Nein, das ist ausgeschlossen.«

Der Kommissar schaute tief in sein Bierglas, wischte sich Schaum von der Oberlippe und fixierte Vera eine Weile schweigend.

»Können Sie für jeden Ihre Hand ins Feuer legen? Zumal Sie selbst zugeben, bei einigen Ihrer Schutzbefohlenen eine Verhaltensänderung festgestellt zu haben. Worin besteht die denn?«

»Nichts Besonderes. Verhaltensänderung ist mächtig übertrieben. Es ist nur so, ich beobachte besonders bei einem Schüler, daß er seine Leistungsgrenzen nicht mehr erkennt. Volkstümlich ausgedrückt, er bolzt drauflos, daß es keine Freude ist.«

»Wie heißt dieser Schüler?«

»Ich weiß nicht, ob ich Ihnen das sagen sollte. Sie neigen zu ungerechtfertigten Verdächtigungen, und daß sich ein ehrgeiziger und leistungswilliger Sportler beim Training überschätzt, ist womöglich auch ohne Drogen zu erklären.«

»Womöglich ja, womöglich nein.« Der Kripokommissar schaute wieder vor sich hin, Vera widmete ihre Aufmerksamkeit dem Treiben im *Humboldtgarten.* Hier würde die Aikido-Gruppe für die japanischen Gäste einen Empfang geben, und Vera mußte noch einmal überprüfen, ob die Tischreservierung auch geklappt hatte, deswegen blickte sie sich nach der Bedienung um.

Das Lokal war um diese Tageszeit schon gut besucht. Zumeist waren es Schüler, die nach dem Unterricht einen Kaffee trinken oder eine Kleinigkeit essen wollten. Der Billardtisch war dicht umlagert, einige der jungen Leute saßen über Schachbretter gebeugt, andere vertrieben sich die Zeit mit Dame oder Backgammon. Es wurde, wie Vera überrascht feststellte, auch um größere Geldbeträge gespielt. Ein Mann, dessen Haar zu einem Zopf geflochten war, hatte einen ansehnlichen Stapel von Geldscheinen mit einem Walkman beschwert. Sein Spielpartner, ein pickliger Jugendlicher, kam Vera bekannt vor. Er hatte einen gerollten Fünfziger hinter das Ohr geklemmt und reichte dem Bezopften den

Würfelbecher. Aber offenbar wurde nicht allzu verbissen gezockt. Einer der Billardspieler setzte sich an den Backgammontisch. Die Partie wurde bereitwillig unterbrochen. Die drei Männer plauderten eine Weile. Dann öffnete der Bezopfte seinen Walkman und drückte dem Billardspieler eine hellgrüne Kassette in die Hand.

»Ich werde Ihnen den Namen nicht sagen«, entschied Vera schließlich. »Aber Sie können gern zum Training kommen, und wenn der Junge will, können Sie mit ihm sprechen. Allerdings erst, wenn ich ihn gefragt habe.«

3

Fast eine Viertelstunde hatte Ingo telefoniert, ohne daß er oft zu Wort gekommen wäre. Als er endlich den Hörer auflegte, schauten ihn Rita und Harry fragend an.

»Das war Schellkowski«, erklärte er. »Angeblich ist bei ihm heute nacht im Laden eingebrochen worden, und der Stoff sei weg.«

Harry riß die Augen weit auf.

»Bitte, da haben wir die Bescherung«, sagte er. »Irgend so was in der Art war ja früher oder später zu erwarten. Ich sag dir mal eins, lieber Herr Steinmüller, wenn er so weitermacht, wird Schellkowski zu einem absolut unberechenbaren Risiko für unser Geschäft hier.« Harry tippte sich mit dem Zeigefinger gegen die Schläfe. »Er tickt nämlich manchmal nicht mehr richtig. Besonders wenn er angebreitet ist, setzt bei ihm der Verstand aus. Rita hat ihn neulich im *Palace* beobachtet, wie er total die Sau rausgelassen hat. Das kann uns ja egal sein, aber nach der zweiten Flasche Sekt fing er an, geschwätzig zu werden, und zwar mehr, als uns bekömmlich ist.«

»Das heißt?«

»Das heißt ganz einfach, daß wir bald die Fremdenlegion der Belgier am Hals haben werden.«

»Wieviel schuldet er uns eigentlich noch vom letzten Transport?« fragte Rita.

Harry konsultierte seinen Taschencomputer.

»Knappe zehn Mille.«

»Nicht mehr?«

»Nein.«

»Meinst du, er hat den Bruch vorgetäuscht?« wandte sich Rita an Ingo.

»Würde durchaus auf seiner Linie liegen, wenn er völlig pleite wäre, aber so ... Nein, ich glaube, er hat nicht gesponnen. Schließlich verdient er immer noch am besten bei einem reibungslosen Vertrieb. Nee, einer seiner Dealer wird ihn gelinkt haben, schätz ich mal.«

»Verdammt, da kommt einiges auf ihn zu. Und damit auf uns«, meinte Harry.

»Sieht so aus. Wir sollten noch einmal richtig abgreifen und dann ade sagen«, schlug Ingo vor. »Ich werde Willem benachrichtigen, daß er Schellkowski eine allerletzte Lieferung zukommen läßt. Sobald wir das Geld von ihm haben, heißt es, nichts wie weg.«

4

Der Billardspieler hatte den Backgammontisch im *Humboldtgarten* wieder verlassen. Der picklige Jüngling schaute ihm nach, der Mann, der neben ihm stand, interessierte sich nicht allzusehr für das, was in der Umgebung geschah; sein Blick war starr auf den Jungen gerichtet.

»Bist ja immer im Einsatz«, sagte der Junge nach einer Weile zu dem Mann.

Der Mann sagte nichts. Es war dem Jungen anzusehen, daß er seiner eher belanglosen Bemerkung noch etwas hinzufügen wollte, es ihn aber Überwindung kostete; der Mann hatte allerdings bereits eine Ahnung, was dieser kleine Wichser von sich geben würde.

»Mir reicht's wirklich endgültig«, meinte der Pickeljüngling, »krieg doch langsam Schiß.«

Der Mann glaubte ihm nicht. Da war etwas anderes im Busch, schließlich gab der Junge im *Café Rosimon* noch immer den großen Dealer und genoß seine Rolle, von Angst konnte keine Rede sein. Möglich, daß sich das Bürschchen mit geklautem Stoff selbständig machen wollte. Der Mann nahm den Becher und würfelte eine Zwei und eine Drei: Das Spiel war seins.

»Na?« fragte er.

»Is ja echt wie verhext, schon wieder. Aber was soll's.« Der Junge überreichte dem Mann mit weltmännischer Geste einen Fünfziger. »Bitte, der Herr!«

Der Mann, der einen Zopf trug, quittierte die Bemerkung mit einem Achselzucken und packte den Schein zu den anderen, die er bereits gewonnen hatte.

»Kannst du nicht dieses Wochenende wenigstens noch einmal nach Eberswalde? Nur noch ein einziges Mal. Is mehr drin als sonst.«

»Null Bock, Alter, die filzen neuerdings auf bloßen Verdacht hin. Außerdem hab ich 'ne neue Maschine, die muß zur Erstinspektion.«

Daß eine Motorradwerkstatt ihre Durchsichten am Wochenende erledigte, war neu für den Mann, und sein Verdacht, daß sich der dumme Kerl auf eigene Füße stellen wollte, wurde ihm zur Gewißheit.

»Wie du willst. Dann frag ich jemand anders.« Der Mann deutete auf das Spielbrett. »Revanche?«

Der Junge schüttelte den Kopf.

»Bringt heute nix, schein 'ne Pechsträhne zu haben, ick hau ab.«

Der Mann wartete noch, bis das Motorrad angelassen wurde. Er trank seinen Kaffee in Ruhe aus und schlenderte zu seinem Wagen.

5

In der Nacht hatte es wieder einmal einen Temperatursturz gegeben, der neue Tag begann mit einem kalten Nieselregen, und vom Tegeler Fließ wehten Nebelschwaden über die Straßen in der Nähe des Gewässers. An einer roten Ampel stoppte ein dunkler Porsche mit getönten Scheiben neben einer hochbeinigen Motocrossmaschine. Robert näherte sich mit seinem Mofa; es war eine schwierige Entscheidung gewesen, ob er bei diesem Wetter nicht lieber mit dem Bus zur Schule fahren sollte, aber letztlich hatte er doch das Mofa aus der Garage geholt, weil er keine Monatskarte gekauft hatte und ihm die BVG-Tarife für eine Einzelfahrt einfach zu hoch waren.

Robert stoppte unmittelbar hinter dem Porsche. Obwohl der Fahrer der Motocrossmaschine in einer Ledermontur steckte und einen Helm trug, glaubte er ihn doch zu kennen; es konnte eigentlich nur der Ollrich aus einer Parallelklasse sein, der sich das Motorrad vor ein paar Monaten gekauft hatte. Früher hatte Robert ihn für ein armes Würstchen gehalten, aber diese Anschaffung sprach für ein dickes Bankkonto; zwischen acht- und zehntausend durfte das gute Stück schon gekostet haben.

Die Ampel schaltete auf Gelb. Der Fahrer des hochgezüchteten Zweirades ließ den Motor ein paarmal aufheulen, dann schoß er im Hochstart los. Der Porsche fuhr langsam an. Bei Grün trat der Fahrer allerdings das Gaspedal durch. Es sah so aus, als wollten sich Sportwagen und Sportmaschine ein Rennen liefern. Robert schlich hinterher; dabei konnte er natürlich nicht mithalten, und er wollte es nicht einmal.

Zweihundert Meter vor dem Martin-Luther-Gymnasium hatte der Porsche das Motorrad erreicht. Er setzte zum Überholen an, befand sich ein paar Sekunden später auf gleicher Höhe mit der Crossmaschine, dann zog er plötzlich nach rechts. Robert schrie laut auf vor Schreck.

Schwester Vera fuhr betont vorsichtig. Womöglich riskierte sie, ein paar Minuten zu spät zum Unterricht zu erscheinen, aber daß sie bei diesen Straßenverhältnissen ihren Saab nicht durch die Gegend scheuchte, würde jeder verstehen.

Nachdem sie eine Kreuzung passiert hatte, wußte sie, daß sie in genau dem richtigen Tempo fuhr; offenbar hatte sich ein schwerer Unfall ereignet, denn die Polizei hatte die Straße gesperrt, damit der Rettungshubschrauber landen konnte. Schwester Vera blieb nichts anders übrig, als auf den Grünstreifen am Straßenrand des Hermsdorfer Damms zu fahren und auszusteigen. Zufällig wurde sie Zeugin eines Funkspruchs der Polizei und erfuhr so, daß der Hubschrauber *Christoph 111* hieß.

Das Einladen des Verletzten in den Rettungshubschrauber ging schnell vonstatten, und nicht einmal drei Minuten waren verstrichen, da hob er sich wieder in die Luft und drehte nach Tegel ab. Jetzt erst sah Schwester Vera ihren Schüler Robert in der Nähe eines Streifenwagens stehen. Als sie auf ihn zuging, wurde gerade ein völlig deformiertes Geländemotorrad mit einer Motorwinde auf einen Polizeilaster gezogen, während Feuerwehrleute an der Unfallstelle noch irgendwelche Kleinteile zusammensammelten und ein Bindemittel ausstreuten.

Die Maschine war an einem Straßenbaum regelrecht zerplatzt, und es grenzte offenbar an ein Wunder, daß der Tank nicht explodiert war.

Robert war zu sehr beschäftigt, als daß er seine Lehrerin wahrgenommen hätte. Aufgeregt redete er auf einen Polizeibeamten ein.

»Die waren ja total verrückt! Sich bei diesem Sauwetter ein Rennen zu liefern! Irre! Überdrehte Irre! Wahrscheinlich bis zum Eichstrich bekifft.«

Vera trat näher. »Was ist denn los?«

»Schwester Vera! Sie ... ich ...«

Auch Oberkommissar Thomas Binder war am Unfallort und kam von einem auf der Gegenseite haltenden Streifenwagen herüber, als er Vera erkannte. Robert hatte sich inzwischen wieder beruhigt.

»Stellen Sie sich vor, den Bernd Ollrich hat's erwischt«, erklärte er. »Ich stand an der Ampel direkt hinter ihm, bevor es passiert ist.«

Thomas Binder gab Vera die Hand.

»Bernd Ollrich, ist das zufällig einer von Ihren Schülern, Schwester?«

»Nein, Thomas. Ist es sehr schlimm? Ich meine, ist er schwer verletzt?«

Oberkommissar Thomas Binder zuckte mit den Schultern. Robert setzte sich, immer noch vor Aufregung leicht zitternd, den Sturzhelm auf. Er brauchte drei Versuche, um den Kinnriemen zu schließen.

»Ich fahr jetzt mal weiter. Adresse und so haben Sie ja.«

Oberkommissar Binder und Schwester Vera schüttelten gleichzeitig die Köpfe.

»Du fährst besser nicht jetzt. Komm, ich nehme dich mit«,

sagte Vera und öffnete die Beifahrertür des Saab. Robert gehorchte ohne Widerspruch, er schien sogar froh zu sein.

Der Oberkommissar würde sich um das Mofa kümmern.

Auch Vera stieg in den Wagen. Ihr schien aber noch etwas Wichtiges einzufallen, denn bevor sie losfuhr, kurbelte sie das Seitenfenster herunter und winkte den Polizisten herbei.

»Daß Tadayama-san vom Kamakura College mit seinen Aikidoka heute nach Berlin kommt, weißt du das? Wir holen sie nachher vom Bahnhof Zoo ab.«

»Weiß ich, Schwester. Ich würde schon gerne beim Training dabeisein, aber im Augenblick besteht mein Leben nur noch aus Überstunden. Vielleicht klappt's in den nächsten Tagen.« Thomas Binder sah nicht so aus, als ob er daran glaubte.

Vera fädelte sich in den Verkehr ein. Robert musterte sie von der Seite.

»Wissen Sie, was mich wundert?« fragte er.

»Nein, woher sollte ich das wissen?«

»Daß Sie einen Polizisten duzen.«

»Aber das ist ganz einfach, Robert. Du weißt doch, Thomas Binder war ein Schüler am MLG und einer von den ersten Schwarzgurten.«

»Ein Polizist mit Abitur also?«

»Da staunst du, was?« Vera lachte, aber es klang nicht sehr froh.

6

»Daß Frauen immer so trödeln müssen«, stöhnte Fred und drückte seine Zigarette auf der Untertasse aus. »Beeil dich, Robert wartet schon unten!« Das singende Geräusch der uralten Ente, die sich Robert von seiner Mutter ausgeliehen hatte, war unverwechselbar.

»Daß Männer erst stundenlang rumbummeln und dann wie die Blöden hetzen müssen.« Hanna hantierte gemächlich vor dem Badezimmerspiegel. »Immer schön mit der Ruhe. Nur noch den Lippenstift, und wir können losdüsen. Hast du abgeräumt?«

»Unnötiger Quatsch, erst alles einzuräumen, um es später wieder vorzukramen.« Fred beförderte die Frühstückssachen mit Schwung in den Kühlschrank, überlegte kurz und leerte die zum Ascher umfunktionierte Untertasse in den Mülleimer. Manchmal spielten Hanna und Fred die Rolle eines alten Ehepaares.

»Hast du abgeschlossen?« fragte Hanna auf der Treppe.

»Ja, Mylady!« Hanna war ein Jahr älter als Fred, und bisweilen bekam er das deutlich zu spüren.

Robert gab Gas, und die Ente beschleunigte wie ein energischer Rasenmäher. In der Otto-Suhr-Allee überholte er den Schulbus des MLG, der die Gäste und Betreuer vom Bahnhof Zoo zum *Humboldtgarten* bringen sollte. Robert fuhr unkonzentriert, übersah beim Überholen ein von hinten kommendes Fahrzeug, und fast hätte es geknallt.

»Robert, was ist los?« Wie selbstverständlich hatte sich Hanna auf den Beifahrersitz gesetzt.

»Ach, nichts weiter. Ein Unfall, heute früh auf dem Schulweg.«

»Du? Bist du verunglückt? Mit dem Mofa etwa? Scheiße.«

»Nein, nicht ich. Den Ollrich, den hat's erwischt. Hat sich mit einem Porschefahrer ein regelrechtes Rennen geliefert.«

»Ollrich?« fragte Fred, als könne er seinen Ohren nicht recht vertrauen. »Bernd Ollrich? Nein.«

»Doch«, sagte Robert und stellte das Radio leiser. »Eßt ihr nachher eigentlich mit?«

Hanna antwortete für beide.

»Ich nicht, muß ausgerechnet heute nachmittag im *Sound Shop* arbeiten. Aber Fred geht mit.«

Fred schüttelte entschieden den Kopf.

»Nix da! Um fünf ist schon das erste gemeinsame Training angesagt. Meinst du, ich schlag mir vorher noch so richtig den Bauch voll?«

»Wirklich zu blöd«, sagte Hanna. »Ich hab noch versucht, mit jemandem zu tauschen, war aber nicht möglich. Und Gerhard ist gerade nicht in Berlin. Keine Ahnung, wo der sich mal wieder rumtreibt. Das heißt, ich kann den dämlichen Laden frühestens um Viertel nach sechs dichtmachen und wäre dann um halb auf der Matte.«

Robert fand direkt vor dem Bahnhof Zoo eine Lücke. Der Zeiger der Parkuhr war noch nicht im roten Bereich.

»Soll ich was nachwerfen?« Hanna klimperte mit Kleingeld.

»Laß mal, wird ja wohl keine Ewigkeit dauern«, sagte Fred.

»Der Zug muß auch jeden Augenblick einlaufen.« Robert schloß die Ente ab und folgte den beiden.

Bevor überhaupt ein Wort gewechselt wurde, hatten sich die japanischen Gäste ein dutzendmal verbeugt, was von Schwester Veras Aikidotruppe mit einem linkisch wirkenden Kopfnicken erwidert wurde. Die höflichen Begrüßungsfloskeln der Japaner waren leicht antiquiert, es wurde viel von großer Ehre und vor Freude hüpfenden Herzen gesprochen, und offenbar war es überhaupt das höchste Glück, auf dem zugigen Bahnhof Zoo zu stehen und Menschen zu begrüßen, die man nicht kannte und von denen man dennoch wußte, daß die Begegnung mit ihnen zu den größten Erlebnissen im

Leben zählte. Die Berliner revanchierten sich mit holprigem Japanisch, von den Besuchern kaum als solches erkannt, trotzdem aber als perfekt gelobt.

Dann kamen die Reden. Schwester Vera hielt eine knappe Ansprache auf Japanisch, die Gäste nickten naturgemäß, bevor sie schließlich frenetisch applaudierten. Als Pastor Tadayama die Begrüßungsrede in fließendem Deutsch erwiderte, klatschten die Schüler des MLG bereits nach dessen erstem Satz. Das motivierte den Pastor, der wie alle Japaner Ansprachen liebte und sie kunstfertig zu zelebrieren wußte, und er redete sich in Fahrt. Geschlagene zwanzig Minuten brauchte er. Robert knuffte Fred und Hanna in die Rippen.

Er hatte Grund dazu. Als er die Bahnhofshalle verließ, sah er sofort die Bescherung: den grünen Zettel, der einen Brief des *Pol.Präs.* ankündigte.

7

Beim Essen im *Humboldtgarten* klappte die Verständigung viel besser, weil nur noch Englisch gesprochen wurde. Der Chefkoch, mit dem Schwester Vera das Menü abgestimmt hatte, hatte Wort gehalten und Rücksicht auf die asiatischen Mägen genommen, die kein Fett vertrugen. Besonders die kleinen Tintenfische, die der Meister mit Krabbenpüree gefüllt und in Frascati geköchelt hatte, erregten allenthalten begeisterte Zustimmung.

»Nun können meine Aikidoka ihr Deutschlandbild noch um einen Akzent bereichern«, sagte Pastor Tadayama schmunzelnd in einer Pause zwischen den Gängen. »Sie werden nicht nur glauben, daß ganz Deutschland aus Fachwerkhäusern besteht und von den besten Bierbrauern der Welt besiedelt wird, sie werden auch die deutsche Küche über alle

Maßen loben. Die ja gerade während einer italienischen Woche besonders gut ist.«

Der italienische Koch war einem interessierten Japaner gegenüber sogar bereit, das Geheimnis seiner Kunst zu lüften und seine Rezepte preiszugeben, nachdem Tadayama ihm hoch und heilig versichert hatte, diese ausschließlich einem Mann zu verraten, der auf einem anderen Gebiet ebenfalls ein Meister war, an Kimura-sensei. Während der Fleischgang aufgetragen wurde, die weißen Brüste von maisgefütterten Bressehähnchen, in gedämpfte Mangoldblätter gewickelt, in dünne Scheiben geschnitten und mit hausgemachten Spaghettinis umlegt, fachsimpelten die beiden. Tadayama kam gar nicht zum Essen, weil er unentwegt notierte. Ansonsten allerdings waren die Tischgespräche verstummt. Minutenlang war außer Gläserklirren und Besteckgeklapper nichts zu hören.

Wahrscheinlich war es, vom Essen abgesehen, das Gläschen Wein zum Fisch oder der Schluck Rosé zum Geflügel, der die Tafelrunde müde werden ließ. Schwester Vera lockte die Gäste zu einem Verdauungsspaziergang ins Fließtal.

»Unbedingt«, stimmte Tadayama zu. »Sonst rumpeln wir noch alle wie Reissäcke über die Matte.«

Einzig Fred hatte sich beim Essen zurückgehalten, und er nahm Tadayamas Worte mit einer gewissen Häme auf; denn wer auch immer über die Matte rumpelte, er war es garantiert nicht.

Während die einen durch das Landschaftsschutzgebiet zwischen Tegel und Lübars wanderten, luden Robert und Fred die Trainingstaschen der Japaner und die der MLG-Gruppe in Veras Saab und fuhren zur Sporthalle vor. Robert parkte den Wagen auf dem Schulhof und bat Hausmeister Fenske, der diesmal nichts dagegen hatte, ein Auge draufzuhalten.

»Ich laufe ihnen entgegen.« Robert verstaute den Wagenschlüssel in seiner Brieftasche. »Wie sieht's mit dir aus?«

»Ich habe Hanna versprochen, noch kurz im *Sound Shop* vorbeizuschaun, aber nimm mal bitte nachher meine Tasche mit. Die blaue Adidas mit den großen Außentaschen.«

Hanna unterhielt sich gerade mit einer Kundin, als Fred den Musikkiosk betrat. Fred wartete, bis die Frau das Geschäft verlassen hatte, dann ging er in die Miniküche hinter dem Verkaufsraum und ließ Leitungswasser in eine Kaffeetasse laufen. Er legte sich zwei farbige Kügelchen in die Handfläche, leckte sie mit der Zunge auf und trank einen Schluck Wasser.

»Der Ollrich wird ja die nächste Zeit kaum in der Lage sein, uns mit dem Zeug zu versorgen«, stellte er fest.

»Wie geht es ihm eigentlich, hat Schwester Vera noch was gesagt?«

»Nicht, daß ich wüßte. Sie hat sich beim Essen hauptsächlich mit diesem Tada ... Tada ... unterhalten.«

»Tadayama.« Hanna zählte die verbleibenden Pillen. »Elf sind noch da. Gut, daß ich dem Ollrich noch so viele abgekauft habe. Waren diesmal ausgesprochen billig. Ich glaub, ich nehme auch gleich was.«

Fred gab ihr die Kaffeetasse. Hanna beließ es bei einer Pille.

Bereits beim Training stellte sich schnell heraus, daß die Japaner einfach besser als Fred waren und das *Endure* keinen Einfluß darauf hatte, ob sie ihn niederzwangen oder nicht. Natürlich, sie waren im Durchschnitt etwas älter als er und natürlich länger beim Aikido, vor allen Dingen aber waren sie entspannter und deshalb viel souveräner. Bei einem besonders komplizierten Hüftwurf, den von den Berlinern nur Robert beherrschte, verhedderte sich Fred derart mit seinem Partner, dem dicken Saito-kun, daß er stolperte und der Japaner über ihn fiel.

»Sorry!« sagte Saito.

»Don't worry«, entgegnete Fred und rappelte sich auf. »Don't worry. I'm okay, really.«

Der dicke Saito verbeugte sich tief. Was eben passiert war, das würde sich nicht wiederholen. Drei *Endure* vor dem nächsten Training würden Fred eine solche Schlappe ersparen.

Neuntes Kapitel

1

Harry braute Espresso, Rita hatte Ingos Lieblingswhisky im KaDeWe aufgetrieben, einen Single Malt mit unaussprechlichem Namen, von dem sich Ingo bereits den dritten genehmigte. Rita hingegen nippte noch an ihrem ersten Glas, als Harry mit dem Espresso kam.

»Und was ist mit mir?« wollte er wissen.

Rita schenkte ihm großzügig ein. »Langt's?«

»Ja, danke.« Harry setzte sich neben seine Schwester, schaute aber Ingo an. »Willem hat die Sendung also heute gegen zehn aufgegeben?«

Ingo nickte. »Übermorgen kann Schellkowski sich das Zeug vom Zollhof abholen.« Er kippte den Rest Whisky aus seinem Glas in den Espresso. »Von da an darf er wirklich keine einzige Sekunde mehr unbeobachtet bleiben.«

»Und wenn er nun jemanden hinschickt, den wir nicht kennen?« Rita ließ ein Zuckerstückchen in ihre Mokkatasse gleiten und rührte vorsichtig um, denn Harry hatte es gut gemeint und die Tasse bis zum Rand gefüllt.

»Ich glaube nicht, daß er das macht«, sagte Harry. »Auf seine Nachwuchsdealer kann er sich nicht mehr verlassen.«

»Hat mal einer von euch bedacht, daß er sich vielleicht mit der ganzen Lieferung einfach absetzt? Wäre ihm doch ohne weiteres zuzutrauen.« Rita ließ nicht locker.

»Nein«, sagte Ingo und nickte, als ihm Rita einen vierten Single Malt kredenzte. »Dazu ist es allerdings nun doch zu wenig Stoff, das lohnt sich nicht.«

»Ich will mich ja nicht drücken, aber warum dann eine derart aufwendige Überwachung? Du weißt doch selber, was für 'ne Action das für uns alle bedeutet, ihn rund um die Uhr unter Beobachtung zu halten«, wandte Harry ein.

»Ja, da steckt doch mehr dahinter«, meinte auch Rita. »Nur raus mit der Sprache! Warum diese Beschattung?«

»Warum? Damit wir zum Beispiel rechtzeitig mitbekommen, wenn ihn die Bullen hochnehmen.« Ingo stand auf, ging zu seinem Mantel und kam mit dem *Tagesspiegel* zurück. »Schellkowski fängt nämlich wirklich an zu spinnen. War doch nicht ganz der richtige Tip, Bert, was? Schellkowski wollte gern cool sein, aber beim kleinsten Problem dreht er durch. Hier, und auch in der B.Z. und der *Morgenpost* war eine Meldung. Hört mal gut zu: Bei einem Motorradunfall auf dem Hermsdorfer Damm in Reinickendorf wurde gestern der achtzehnjährige Oberschüler Bernd O. lebensgefährlich verletzt. Der Jugendliche kollidierte mit einem dunklen Sportwagen, dessen Fahrer Unfallflucht beging. Nach Aussage der Polizei stand der Motorradfahrer unter erheblichem Drogeneinfluß.«

»Verstehe«, sagte Rita, »Bernd O. macht Eberswalde nicht mehr, da bettlägerig. Möglicherweise hat Schellkowski nachgeholfen, richtig? Tja, das heißt wohl, unser Hauptstadtaufenthalt nähert sich rapide seinem Ende.«

»Kluges Mädchen«, meinte Ingo, »du solltest dich also umgehend um die Tickets kümmern.«

»Ja, Papa. Wieder erst nach Tunis?«

Ingo nickte, faltete die Zeitung zusammen und warf sie Harry zu. Der überflog den Artikel bloß und räusperte sich.

»Dürfte 'ne kleine Beule im Kotflügel haben, der Herr Porschefahrer«, stellte er fest. »Nicht nur die Bullen werden ihn deswegen bald am Arsch haben.«

»Sondern?« Ingo, gerade im Begriff, seinen Single Malt

behutsam zu schwenken, hielt abrupt mit der Bewegung inne.

»Rita habe ich's schon erzählt. Der Franzose ist seit gestern zahlendes Mitglied im *Fitneßland*. Er muß Willems Beobachtern in London entwischt sein. Ich stand direkt neben ihm, als er sich angemeldet hat.«

Ingo stellte sein Glas auf dem Tisch ab.

»Schon? Bist du dir ganz sicher, daß er es war?«

»Absolut. Aber er hat mich garantiert nicht erkannt. Ich war ihm sogar noch beim Aufnahmeantrag behilflich, weil die Sekretärin vom *Fitneßland* nicht richtig Englisch konnte.«

Das war typisch Harry, dem seine Spielfreude manchmal über die Vorsicht ging; daß der Killer der Belgier ihn nicht erkannt hatte, war allerdings glaubhaft, schließlich war der Harry in London ein langhaariger Berufsjugendlicher von edler Blässe gewesen, der vorzugsweise norwegische Rollkragenpullis mit Zopfmuster und breitgerippte Cordjacken getragen hatte, an den Füßen Cowboystiefel. Der Harry in Berlin hingegen, den Monsieur mit Schellkowskis Sekretärin flirten gesehen hatte, war ein solariumsgebräunter Mann, der auf italienische Edelkonfektion stand, der einmal pro Woche seinen Haarstylisten aufsuchte und Halbschuhe der Marken Lutencini oder Frettoru trug. Ingo nahm sein Glas wieder zur Hand und führte es an die Lippen.

»Dann ist also doppelte Vorsicht geboten.«

Harry machte eine beschwichtigende Handbewegung.

»Nur keine Hektik«, sagte er, »bis der Franzose weiß, wer seinen belgischen Auftraggebern hier das Wasser abgegraben hat, werden noch ein, zwei Wochen vergehen. Monsieur spricht anscheinend wenig Deutsch. In England haben sie uns ja auch nicht von heute auf morgen geortet.«

»Harry hat recht«, schaltete sich Rita ein. »Ich schlage vor, wir kümmern uns intensiv um Schellkowski und halten auch wegen Monsieur ganz gewaltig die Augen auf.«

»Ich bin eh morgen mit Schellkowski im *Florida* verabredet«, sagte Ingo. »Wenn er breit ist, bringe ich ihn nach Hause und ruf euch an. Letztes Mal hat unser Zug durch die Gemeinde bis fünf Uhr früh gedauert.«

»Okay«, sagte Rita. »Ich übernehme ihn dann am späten Nachmittag. Vorher geht schlecht, hab eine Einladung zu einem Sektfrühstück. Die *Children of Steel* feiern irgendein Jubiläum im *Café Rosimon.*«

»Wir werden leider nur sehr kurz davon profitieren«, Ingo machte ein ehrlich betrübtes Gesicht, »aber verbreite mal in der Szene, daß Nachschub von allerbester Qualität unterwegs ist, besser als jemals zuvor. Doppelte Depotwirkung und optimalere Kreislaufstabilisierung.«

»Stimmt das?«

»Ja, und ohne unseren windigen Schellkowski und ohne diese verdammten Belgier mit ihrer Fremdenlegion so dicht auf der Pelle hätten wir jetzt das wirklich dicke Geld machen können.« Ingo seufzte. »Aber egal, umsonst war unsere Aktion hier ja auch nicht gerade.«

Rita lachte. »Für einen gebrauchten Mini aus Joe's Garage und ein Festessen im *British Hotel* wird es allemal langen.«

Ingo langte nach der Whiskyflasche. »Noch einen zum Abschied.« Er hielt es nie lange bei den Geschwistern in der Sorauer Straße aus. »Ich ruf von der Schlüter gleich bei Toni an, ob er uns mit der *Denfil* aus Tunis abholen kann.«

Das Trio hatte es sich zur Regel gemacht, nie direkt nach Malta zu fliegen.

2

»Ach, Tadayama-san«, sagte Vera. Ihr Stoßseufzer klang wahrscheinlich etwas dramatisch, aber er war zugleich auch ein Ausdruck ihrer Freude. Pastor Tadayama sah sie halb skeptisch, halb belustigt an. Aber auch er war froh, ein paar Stunden allein sein zu können mit Vera; zwar waren auch die Lehrer zum Diskoabend der Aikidoka eingeladen gewesen, aber dazu hatten weder Schwester Vera noch Tadayama Lust, zumal jeder Lehrer auf Reisen seine Schüler auch gern einmal für einige Zeit los war. Während sich die Schüler im *Palace* die Trommelfelle zerstören ließen, waren ihre Lehrer in die Stadt zum Essen gefahren, in die Stadt, wie man im ehemaligen französischen Sektor die Gegend um den Kurfürstendamm nannte.

»Essen Sie öfter hier, Vera-san?« erkundigte sich Tadayama.

»Gelegentlich, wenn ich in der Stadt zu tun habe. Dann meist zu Mittag, abends ist ja fast immer irgendwo Aikido.«

Der Pastor aus Kamakura nickte, studierte die Karte und entschied sich für ein Crêpe mit Lammfleisch. Vera war mit seiner Wahl einverstanden und bestellte dasselbe.

»Sie haben wirklich eine hervorragende Aikidotruppe aufgebaut, Vera-san. Sie wissen ja, wie meine Landsleute über Ausländer denken, ja? So nach dem Motto: Es gibt Menschen, und es gibt Ausländer. Tja, und da hat doch Ihre Truppe meine Leute davon überzeugt, daß selbst Ausländer, die nie in Japan waren, gutes Aikido beherrschen können. Andererseits staunen Ihre Aikidoka, wie mir dieser übermäßig begabte Robert mehrfach anerkennend gesagt hat, also die staunen darüber, daß der Teamgeist meiner Gruppe auch die nicht so begabten Mitglieder à la Saito-kun stützt. Nein,

Schwester, ich glaube, es war sehr, sehr nützlich herzukommen.«

»Ich bin auch sehr zufrieden, Tadayama-san«, sagte Schwester Vera, aber es klang nicht sehr überzeugend. Tadayama schaute auf von seinem Crêpe. »Nun ja«, setzte Vera hinzu, »das Training ist wirklich ordentlich gelaufen. Was heißt gelaufen; es läuft gut, sehr gut sogar. Aber, Tadayama-san, Sie haben eben einen wunden Punkt erkannt.«

»Inwiefern, Vera-san?«

Vera stocherte betreten in ihrem Lammfleisch herum, das sie, wie alle Gerichte in diesem Restaurant, vor dem Besuch so wärmstens empfohlen hatte.

»Das Ai«, erklärte sie schließlich, »das Ai, auf das Sie und ich so viel Wert legen, dieses gemeinsame Üben und Einander-Helfen, das ist von einigen in der Aikido-AG noch nicht richtig verstanden worden. Außerdem denke ich, daß viele von meinen Schülern zu verbissen trainieren. Von den Anfängern besonders Hanna und Fred. Das Pärchen wird Ihnen aufgefallen sein. Haben Sie gesehen, wie verkrampft Freds Gesicht wird, wenn er eine Übung nicht auf Anhieb begreift, an der erfahrene Aikidoka bereits seit Jahren verzweifeln?«

»Ist mir schon aufgefallen, Vera-san. Sie selbst haben mir aber gesagt, daß die beiden erst relativ neu dabei sind. Ein Jahr, tippe ich.«

»Gerade mal ein halbes.«

»Typisches Anfängerproblem.« Pastor Tadayama machte eine wegwerfende Geste.

»Wenn Sie recht hätten …«, Vera ließ offen, was dann wäre.

»Ja?«

»Mich irritiert schon seit einiger Zeit, daß Hanna und Fred sich bewegen, als hätten sie den Begriff Angst aus ihrem Wortschatz gestrichen. Fred zum Beispiel ist beim Hüftwurf viermal hintereinander unter Saito-kun zusammengebrochen und hätte es bestimmt noch ein dutzendmal versucht, ihn zu werfen, hätte ich nicht zum Partnerwechsel abgeklatscht.«

»Alles nichts Außergewöhnliches«, beruhigte sie Pastor Tadayama, »denken Sie doch bloß mal an Ken Morinaga damals in Kamakura oder den stämmigen Deutsch-Holländer, diesen Esbeck, das waren auch so Draufgänger, die waren eigentlich weitaus fanatischer.«

»Vielleicht lasse ich mich ja von der Polizei ins Boxhorn jagen«, meinte Vera. »Es ist nämlich so, daß ich manchmal denke, es könnten Drogen im Spiel sein.«

»Drogen?«

Vera nickte. Eine Zeitlang schwiegen beide, aber dann hielt Schwester Vera das Schweigen nicht länger aus und begann, Tadayama von den turbulenten und verwirrenden Ereignissen der letzten Zeit zu berichten.

3

An einem gewöhnlichen Wochentag spielte im *Palace* keine Band, nur ein Diskjockey machte sich an der Echttonanlage zu schaffen. Er schien schwer beschäftigt zu sein mit seinen Reglern, aber gelegentlich hob er doch den Kopf, um die ungewöhnlichen Gäste zu mustern, eine Gruppe japanischer Jugendlicher, die sich sogar auf die langsam rotierende Edelstahlfläche wagten, auf der getanzt wurde. Der Diskjockey legte eine CD der *Children of Steel* in das Laufwerk, denn selbst wenn diese Band nicht körperlich anwesend war, ihre Musik war es doch. *Lucifer's Garage* war der Titel des Stücks, das hauptsächlich aus Axtschlägen gegen Blecheimer und dem Lärm startender Jets bestand. Die Japaner und ihre

Gastgeber schauten einander verständnislos oder fragend an, der DJ grinste.

Fred und Robert, die nicht allzugern tanzten, standen am Selbstbedienungstresen und tranken, ganz Sportler, etwas Alkoholfreies. Hanna kam schwitzend und lachend mit der kleinen Michiko von der Tanzfläche und gesellte sich zu den Jungen.

»Do you want something cold, Michiko?« fragte Robert, wie es sich für einen Gentleman gehörte.

»Yes, please, Robert. I'll have another Pepsi!«

»Und ihr?«

»Für mich auch eine Pepsi«, sagte Hanna.

»Für mich ein kleines Bier«, entschloß sich Fred. Robert gab die Bestellung auf, Hanna nahm ihren Freund zur Seite.

»Hab ganz vergessen, dir zu sagen, daß Gerhard noch was von dir will. Er kommt so gegen neun hierher.«

»Von mir? Was denn?«

»Du sollst irgend etwas für ihn beim Zoll abholen, eine Lieferung CDs oder MCs.«

»Ja, und warum macht er das denn nicht selber? Oder du?«

»Warum, hab ich auch nicht genau verstanden. War so zwischen Tür und Angel, was er mir da erzählt hat. Er hat mich zuerst gefragt, ob ich das erledigen könne. Ich hab ihm klipp und klar gesagt, daß das unmöglich ist, weil ich mit den Japanern auf Stadtrundfahrt in Potsdam bin. Und da hat er gefragt, ob du nicht Zeit hättest, es würde bestimmt nicht lange dauern.«

»Weiß er, daß ich um Punkt sechs zur Genetalprobe ins MLG muß?«

Hanna nickte. »Er hat nur wiederholt, es würde garantiert nicht lange dauern.«

»Und, hast du ihn wegen der *Endure* angehauen? Wir haben nur noch drei oder vier.«

»Hab ich. Er meinte, er hätte immer ein paar rumzuliegen, falls wir knapp damit wären.«

Robert brachte die Getränke fast zeitgleich mit dem Auftauchen Schellkowskis, den er aber nicht wahrnahm, da er mit dem Rücken zu dem Studiobesitzer stand. Fred nahm sein Bier, ließ Hanna bei Robert und Michiko zurück und durchquerte den Saal. Schellkowski wartete neben der Eingangstür.

»Hast du mal einen Moment Zeit für mich?« Der Studiobesitzer ging sofort hinaus, Fred folgte ihm. Die Fläche zwischen der Kasse und der Garderobe war mit violettem PVC ausgelegt, plastiküberzogene Cocktailsessel im Stil der fünfziger Jahre umzingelten einen dazu passenden Nierentisch. Die beiden nahmen Platz, Schellkowski bot Fred eine Zigarette an, die dieser jedoch ablehnte. Der Studiobesitzer machte einen gehetzten Eindruck.

»Hat Hanna dir's schon gesagt?« fragte er, als hätte sie ein großes Geheimnis preiszugeben gehabt.

»Ja, aber was isses denn genauer?«

»Du könntest mir einen mächtigen Gefallen tun, Fred.« Schellkowski machte einen Zug nach dem anderen.

»Hanna hat nur gemeint, ich soll irgendwas für dich beim Zoll abholen. Warum machst du das eigentlich nicht selbst, oder bist du nicht in Berlin?«

»Doch, doch, ich bin im Land. Aber es gibt da ein kleines Problem. Ich erwarte nämlich nicht irgend etwas, sondern die allerneueste MC von den *Lunatic Babies.*«

Fred pfiff anerkennend durch die Zähne.

»Donnerwetter, die sind doch offiziell bei uns noch gar nicht zu kriegen. Wie biste denn da rangekommen?«

»Tja«, Schellkowski grinste breit, »hab einen Kumpel, der

im Tonstudio arbeitet, wo die aufnehmen. Er hat heimlich mitgeschnitten.«

»Vitamin B also, das einzige auf der Welt, das zählt.« Auch Fred grinste weltmännisch. »Und worin besteht mein Part bei dem Spielchen?«

Schellkowski beugte sich vertraulich über den Tisch, obwohl außer dem Türsteher und der Frau an der Kasse niemand auch nur in Sichtweite war.

»Ich wollte dich bitten, mit der Postbescheinigung zum Zollhof zu fahren und den Krempel für mich abzuholen. Ich schreib dir 'ne Vollmacht. Geben sie dir den Kram ohne viel Federlesens, bezahlst du die Importsteuer, und alles ist paletti. Händigen sie dir die Kassetten nicht aus, ist ja wohl klar, daß etwas schiefgelaufen ist. Ruf mich an, ich komme dann sofort mit der Kopie von meinem Bestellzettel.«

»Ich versteh nicht ganz ...«

»Wart's ab. Ich komme also mit der Kopie vom Bestellzettel, und da steht schwarz auf weiß, daß ich gar nicht die *Lunatic Babies,* sondern die *Lunatic Ladies* geordert habe. Der holländische Lieferant hat eben einen Fehler gemacht. Geht alles glatt, ruf mich trotzdem an, ich warte am besten bei euch in der Wohnung. Es langt vollkommen, wenn du mir die MCs nach eurem Training dorthin bringst. Oder kommt ihr alle nach dem Training wieder auf die Piste hier?«

»Morgen garantiert nicht. Ich wollte eh direkt vom Aikido zu uns. In zwei Tagen ist die Vorführung im MLG, da muß ich absolut superfit sein.«

»Apropos Fitsein«, sagte Schellkowski. »Ich hab noch eine volle Packung *Endure* übrig. Hanna hatte was angedeutet.« Er reichte Fred einen Briefumschlag.

»Nicht übel«, sagte Fred. »Was willst'n dafür?«

»Vergiß es! Ich bin morgen nachmittag im *Sound Shop* wegen der Postvollmacht.«

»Na, dann sagen wir mal so gegen vier?«

Fred erhob sich. Schellkowski stand ebenfalls auf und gab ihm die Hand.

»Ich spendier dir natürlich auch ein Taxi hin und zurück.«

4

»Manchmal vermisse ich einfach den Geruch von der Komachi-Straße«, sagte Schwester Vera zu dem neben ihr am Mattenrand stehenden Tadayama, »oder den Teeladen gegenüber vom *Mon*, wenn dort Genmaicha geröstet wird, oder den Reiskuchenbäcker, wenn er einen Schuber frischer Plätzchen aus dem Ofen holt, oder den Süßkartoffelverkäufer mit seinem qualmenden Wägelchen, oder oder oder.« Schwester Vera hatte, es war nicht zu kaschieren, einen ernsten Anfall von Heimweh nach Japan bekommen.

»Sie haben angedeutet, Vera-san, daß wir Sie demnächst in Kamakura erwarten dürfen?«

»Ja«, sagte Schwester Vera. Fred, seit einer Woche stolzer Grüngurt, betrat vor dem dicken Saito die Halle; er machte noch ein paar Dehnübungen und kniete sich an den Mattenrand, um darauf zu warten, daß Pastor Tadayama, der gemeinsam mit Schwester Vera das Training leitete, zum Partnerwechsel abklatschte. Der dachte aber nicht daran, abgelenkt von seiner Unterhaltung mit Vera.

»Ich werde, sobald es geht, ein Sabbatjahr nehmen«, erklärte sie gerade, »und auch nach Japan kommen. Und ich werde mir einen alten Traum verwirklichen und eine Strecke mit dem Schiff reisen. Zirka drei, vier Monate bleibe ich in Asien, dann ein, zwei in Malta bei einer Freundin aus meiner Novizinnenzeit, und dann, ja dann gehe ich für ein halbes

Jahr nach Steinverder zurück, um mal wieder richtig Kraft zu schöpfen.«

»Steinverder, Vera-san, ich freue mich schon riesig, endlich dieses Stift kennenzulernen.« Tayama widmete sich wieder dem Training.

Fred hatte Glück gehabt, keiner der Weißgurte setzte sich neben ihn, sondern Tim, der Aikidotrainer vom *Juaikan*, forderte ihn auf. Fred ging gleich in die vollen und fühlte sich prächtig, als er bemerkte, daß er sogar einen routinierten Zweiten Dan ins Schwitzen bringen konnte. Mit jedem Angriff steigerte er das Tempo, und schließlich hatte Tim Mühe, den rabiaten Faustestößen korrekt auszuweichen.

»Mal sachte, junger Freund, ich bin heute schon eine Weile länger als du hier zugange«, bat Tim, und das war Musik in Freds Ohren: Ein Zweiter Dan, der ihn bittet, langsamer zu machen. Er grinste Tim an und ging in Angriffsposition.

»Einen hab ich noch. Jetzt Kopf?«

»Nein«, sagte Tim, »noch mal zum Solarplexus.«

Tadayama beobachtete das Training, vor allem Freds wilde Attacken hatten es ihm angetan. Vera war nicht von seiner Seite gewichen. Auch sie hatte Fred und Tim im Blick.

»Ich habe vorhin noch kurz mit der Mutter Oberin telefoniert. Alle stehen Kopf wegen der Vorbereitungen. Die Kochschwester hätte einen extragroßen Vorrat an Reis eingelagert, läßt die Mutter Oberin bestellen. Solch exotischen Besuch haben sie da nicht jeden Tag.«

Tadayama mußte lachen.

»Exotisch? Na, na. Aber bitte nicht jeden Tag Reis. Niedersachsen hat doch eine ausgezeichnete Küche, oder?«

Freds Körper spannte sich und schnellte vor. Diesmal allerdings sah sich Tim besonders vor und machte einen weiten Ausweichschritt; Freds Stoß ging ins Leere. Für einen Augenblick schaute er Tim verdutzt an, verdrehte dann die Augen und fiel mit dem Gesicht voran wie ein Brett zu Boden.

»Hoppla«, rief Tim nur, »wer wird denn gleich stolpern.«

»Er wird ausgerutscht sein«, meinte auch Tadayama beschwichtigend, »diese plastiküberzogenen Matten sind zwar leicht zu pflegen, aber sie sind auch äußerst tückisch, wenn man viel geschwitzt hat.«

Aber Fred blieb reglos liegen.

5

Für die Abschlußvorführung des MLG-Sportfestes trainierten die Aikidoka in zwei Gruppen, und Hanna hatte am Vormittagstraining teilgenommen, damit sie Schellkowski empfangen konnte. In der kleinen Mietwohnung, die sich Hanna und Fred seit fast einem Jahr teilten, wartete sie mit dem Sportstudiobesitzer auf Fred, der überfällig war.

»Verstehe nicht, wo er steckt. Er hat dir doch am Telefon extra noch mal gesagt, daß er sofort nach der Probe herkommt, oder?« Hanna ging hektisch im Zimmer auf und ab, Schellkowski nickte. Er hatte zwar des öfteren verstohlen zur Uhr geschaut, ansonsten aber versucht, seine eigene Nervosität vor Hanna zu verbergen.

»Vielleicht hat was nicht geklappt, und sie haben ein paar Sachen wiederholen müssen«, schlug er vor, »oder sie besprechen noch was wegen der Vorführung.«

»Nee, kann ich mir nicht vorstellen, jedenfalls nix, was so lange dauern würde.« Hanna lief aus dem Zimmer und kam mit Regenmantel und Schirm zurück. »Weißt du was? Ich geh zum Türken um die Ecke, manchmal ißt er da noch einen Döner und quatscht sich dann fest. Willst du mitkommen?«

»Ich bleib besser hier. Könnte ja sein, jemand fährt ihn bei dem Regen.«

»Ist trotzdem schon mehr als komisch, daß er noch nicht da ist, wo er doch weiß, daß du wartest«, meinte Hanna.

Als sie die Straße zum Imbiß überqueren wollte, näherte sich ein Auto mit hoher Geschwindigkeit. Hanna trat schnell einen Schritt zurück und senkte den aufgespannten Schirm, aber es half nur wenig. Der Wagen durchfuhr eine riesige Pfütze.

»Penner, paß doch auf!« schrie sie.

6

Der Notarztwagen stand mit rotierendem Blaulicht auf dem Platz vor der Turnhalle, die Hintertür war geöffnet, und zwei Träger, die einen Kittel über der Feuerwehruniform trugen, waren damit beschäftigt, eine Bahre auf die Pritsche zu wuchten. Der Arzt war noch in der Halle, wusch sich die Hände.

»Tja«, dozierte er gegen die fragenden Mienen um sich herum, »ich würde fast auf ein diabetisches Koma tippen. Der Blutzuckerwert ist allerdings nur etwas niedrig, und zwar noch innerhalb des Toleranzbereichs; ich meine, ein solch totaler Ausfall braucht schon einen weit gravierenderen hypoglykämischen Befund. Merkwürdige Sache, ehrlich gesagt. Na, mal sehen, was die exakte Blutanalyse bringt. Was ist denn eigentlich genau passiert?«

»Keine Ahnung, Doktor, wirklich keine Ahnung.« Tim war noch immer fassungslos. »Er ist mir nichts, dir nichts mitten im Sprung vor mir zusammengebrochen, einfach zusammengeklappt, und hat sich nicht mehr gerührt. Wie ein Toter.«

Robert kam in Straßenkleidung aus dem Umkleide- in den Waschraum. Der Arzt beachtete ihn nicht, sondern trocknete sich die Hände und verabschiedete sich. Vera hielt ihn am Ärmel fest.

»Drogen?« fragte sie. »Neuerdings fallen hier doch ständig Schüler beim Sporttreiben um.«

Der Mediziner zuckte nur die Achseln.

»Hier ist seine Lederjacke«, sagte Robert, der so hilflos wirkte wie alle. »Und seine Tasche. Ist doch seine? Die Sachen von ihm hab ich eingepackt. Kann sein, daß ich nicht alles gefunden habe.«

»Das ist doch jetzt völlig egal.« Schwester Vera nahm die Tasche entgegen und versuchte, auch noch Freds Jacke hineinzustopfen. Dabei öffnete sich der Verschluß einer der aufgesetzten Seitentaschen, und eine Musikkassette fiel heraus. Die Kassette schlug auf den Parkettfußboden und zersprang dort. Dutzende von glitzernden Kügelchen rollten in alle Richtungen davon. Die Umherstehenden waren überascht, daß ein paar Schrecksekunden verstrichen, bis sich die ersten nach ihnen bückten. Der Doktor war in der Tür stehengeblieben.

»Na, das ist ja wohl kaum der Originalinhalt einer Madonna-MC«, meinte Tim und griff sich ein paar der herumkullernden Kugeln. »Verdammt, solche Dinger hab ich doch auch im *Juaikan* schon mal gesehen. Glaube, bei einem aus der Karategruppe. Sagte, das wäre ein neues Traubenzuckerkonzentrat, als ich ihn drauf angesprochen habe.«

»Ein Traubenzuckerkonzentrat, mein lieber Freund«, sagte der Arzt auf die seinem Berufsstand eigene, leicht belehrende Art, »ein Traubenzuckerkonzentrat, das den Blutzuckerspiegel senkt, das wäre das reinste Wunderwerk.« Damit ging er.

Vera betrachtete lange die Pillen in ihrer Hand.

»Ich fürchte, ich weiß, was das ist«, sagte sie.

»Ich auch«, sagte Robert, auf Tim gemünzt, der naiv genug gewesen war, die Traubenzuckerlegende zu glauben. »Das ist das Speed-Zeug, mit dem zur Zeit die ganze Stadt überschwemmt wird. Drogen. Kapiert ihr? Dope.«

»Schon gut, Robert, reg dich nicht so auf. Tim kann schließlich nichts dafür. Vernünftig wäre jedenfalls, diesen Arzt in Kenntnis zu setzen.« Schwester Vera winkte die Zwillinge heran. »Könnt ihr euch um alles hier kümmern?«

Die Zwillinge waren sofort einverstanden. In dem Augenblick, da sie sich nickend auf den Weg machten, war von draußen die Sirene des Notarztwagens zu hören.

»Komisch, daß der Doktor diese Pillen nicht mitgenommen hat«, sagte Pastor Tadayama.

»Komisch, aber nicht zum Lachen«, meinte Robert.

»Ärzte«, sagte Tim.

»Fahrt dem Rettungswagen hinterher«, befahl Schwester Vera Tim und reichte ihm die eingesammelten Kügelchen. »Sag, sie sollen das Zeug analysieren, Freds Kollaps könnte damit zusammenhängen. Sind sie zum Dominikus?«

»Nein«, sagte Tim. »Sie wollten ihn ins Humboldt-Krankenhaus bringen.«

»Was ist eigentlich mit dem Mädchen?« erkundigte sich Tadayama.

»Mädchen?«

»Na, die Freundin von ...« Tadayama brauchte nicht weiterzusprechen, jeder verstand, wen er meinte, und jeder begriff auch seine Furcht.

7

Alles war eins gewesen: Tim dem Krankenwagen nachzuschicken, Freds Sporttasche zu durchsuchen, in der sich insgesamt dreißig Kassetten befanden, alle randvoll mit Pillen, die Polizei zu verständigen und zum Saab zu rennen, die Türen aufzuschließen, den Motor anzulassen und sich von Robert den Weg zur Wohnung von Hanna und Fred beschreiben zu lassen. Zum Glück hatte Vera Thomas Binder an den Apparat bekommen, da brauchte sie nicht viel zu erzählen. Eine Zivilstreife war jetzt ebenso unterwegs wie sie.

Vera raste über die schmierigen Straßen und riskierte, ebenfalls in einen Unfall verwickelt zu werden wie vor kurzem Bernd Ollrich und der Porschefahrer. In ihrem Gehirn war ein Knoten geplatzt; der Mordkommissar hatte von Drogen gesprochen, aber richtig ernst hatte sie ihn nicht genommen, wie sie sich nun eingestand. Polizisten hatten ihre Berufskrankheiten und sahen Zusammenhänge da, wo gar keine waren. Hier waren aber offenbar mehr, als der Hauptkommissar sich jemals ausgemalt hatte.

Der Schüler, der eine Schulfete nicht überlebt hatte, auch er hatte Musikkassetten und CDs verhökert.

Robert wies den Weg. Sie fuhren ein kurzes Stück auf der Stadtautobahn, dann durch kopfsteingepflasterte Außenbezirksstraßen und durch Straßen, die für den Durchgangsverkehr gesperrt waren, weil sich die Menschen auf den riesigen Gartengrundstücken mit den riesigen Häusern vom Autolärm gestört fühlten, wenn sie vom Geldscheffeln heimkehrten. Robert wischte ständig das beschlagene Seitenfenster mit dem Ärmel seiner Windjacke frei.

»Stop«, rief er plötzlich, »Schwester, da vorne ist es, das Eckhaus mit der hellen Jugenstilfassade.«

Vera hielt in zweiter Spur.

»Bleib bitte im Wagen, Robert, falls der Mazda oder der Fiat weg wollen.« Sie schaltete den Warnblinker ein. »Schlüssel laß ich stecken.« Tadayama nahm die Adidas-Tasche.

Die Haustür war unverschlossen. Vera drückte den Knopf für die Flurbeleuchtung. Freds Name stand auf dem Stillen Portier.

»Vierter links.«

Tadayama stürzte schon hinauf. Das Treppenhaus war bis zum zweiten Stock mit Teppichboden ausgelegt, im dritten und vierten bloß noch mit Linoleum, das aber so blankgebohnert war, daß der Pastor beinahe ausgerutscht und hingeschlagen wäre. Vera hastete ihm hinterher. Als sie ihn erreichte, klingelte er bereits an der Wohnungstür. Niemand öffnete. Vera preßte das Ohr gegen die Türfüllung.

»Das Radio läuft«, sagte sie und klingelte Sturm. Die Musik wurde lauter. Jemand kam an die Wohnungstür. »Ja?«

»Wir möchten Hanna sprechen«, sagte Vera. »Fred hat beim Training einen Unfall gehabt, er mußte mit der Feuerwehr ins Krankenhaus gebracht werden.«

»Hanna ist nicht da.« Die Tür wurde geöffnet. Ein schlanker junger Mann trat auf den Flur; Vera erkannte sofort den langmähnigen Spieler aus dem *Humboldtgarten.* Erst stutzte er beim Anblick von Veras Schwesterntracht, dann sah er ihren asiatischen Begleiter mit der Adidas-Tasche. »Nanu, ist das nicht die von Fred? Die können Sie hierlassen.« Er griff nach den Henkeln.

»Wohl besser nicht«, sagte Vera. Die Hand des Mannes griff ins Leere, weil Tadayama die Tasche genau in diesem Moment wegzog.

»Was soll'n der Mist?« sagte der Mann in schroffem Ton. Als er erneut nach den Henkeln griff, verpaßte ihm Tadayama einen Schulterstoß, der den Mann einen Meter rückwärts und gegen den Türpfosten beförderte.

»Was interessiert Sie denn an der Tasche so brennend?« fragte Vera. »Etwa der Inhalt?«

»Geht euch'n Scheißdreck an!« Das Gesicht des Mannes war jetzt wutverzerrt. Er zog ein Springmesser aus der Gesäßtasche und ließ die Klinge vorschnappen. »Die Tasche, aber ein bißchen plötzlich, wenn ich bitten darf!«

Tadayama hob die Tasche vor die Brust und ging einen halben Schritt auf den Mann zu.

»Bleib mal ganz ruhig, gelber Affe«, zischte ihn der Mann an, wich aber einen Schritt zurück, »und stell schön das Täschchen ab, sonst sezier ich dich. Erklär ihm das, Betschwester, falls er es nicht rafft!«

Der gelbe Affe blieb nicht ruhig. Er schleuderte dem Messerhelden die schwere Tasche ins Gesicht, während Vera ihm fast zeitgleich von der Seite in die Kniekehlen trat. Der Mann schrie auf und knickte ein. Blitzschnell packte Tadayama zu und hebelte den Messerarm. Ein erneuter Aufschrei, das Springmesser fiel auf den Boden, der Mann klatschend auf den Bauch. Tadayama immobilisierte dessen Oberkörper ruckartig und so schmerzhaft mit einem Haltegriff, daß der Mann laut aufstöhnte.

Vera hatte den Fuß auf dem Messer. Sie suchte in ihrer Kostümjacke nach einem Taschentuch und fand ein frisches Tempo. Vorsichtig wickelte sie das Messer ein.

»Das war wohl der Ellenbogen.« Sie betrachtete den merkwürdig abgewinkelten Arm des Mannes.

»War leider kein schönes Aikido«, sagte Tadayama.

»War auch kein schönes Messer«, tröstete ihn Schwester Vera.

8

Den Beamten der Zivilstreife, die die Treppe hochstürmten, bot sich ein seltenes Bild: Eine Frau in Nonnentracht hielt ihnen mit spitzen Fingern einen eingewickelten Gegenstand hin, und ein dünner großer Chinese kniete auf einem stöhnenden, langhaarigen Mann.

»Ich habe aufgepaßt und den Messergriff nicht berührt, meine Herren. Kommissar Binder muß auch gleich hiersein. Darf ich Ihnen Pastor Tadayama aus Japan vorstellen?«

»Sehr angenehm«, sagte der höfliche Geistliche.

»Angenehm«, sagten die verblüfften Polizisten.

Auch der Mann vom Mord trudelte nach ein paar Minuten ein, in seinem Gefolge weitere Zivilbeamte, die allerdings eine solche Souveränität ausstrahlten, als erlebten sie solche Situationen jeden Tag im Dutzend. Der Hauptkommissar verhielt sich denn auch wie immer, das heißt, seine erste Handlung war ein breites Grinsen. Und Vera, die frontal zu ihm stand, empfand, was sie bei einer Begegnung mit diesem Mann immer empfunden hatte: Widerwillen.

»Und wer ist das?« erkundigte sich der Hauptkommissar. Er wies auf jemanden in Veras Rücken.

»Das werden Sie sicher schnell herausbekommen. Und ich kann Ihnen dabei womöglich helfen. Zuvor muß wahrscheinlich operiert werden, der Ellenbogen scheint gesplittert.«

»Den mein ich nicht«, sagte der Kripomann, »sondern den Herrn aus Asien.«

»Ein asiatischer Verbrecher wäre Ihnen sicher lieber als ein guter Deutscher, was?« Vera war für ihre Verhältnisse ungewöhnlich wütend.

Der Hauptkommissar reagierte darauf nicht, sondern er schaute seine Begleiter an.

»Ach, ich vergaß, meine Kollegen vom OK vorzustellen.«
»OKW?« fragte Vera, obwohl sie verstanden hatte.
»Organisierte Kriminalität«, erklärte der Hauptkommissar.

9

Harry hatte genug gesehen und ließ den Motor an. Er schaltete die Beleuchtung ein und fuhr im Schrittempo an Schellkowski vorbei, der, umringt von Herren in Zivil und mit Handschellen an einen uniformierten Polizisten gekettet, einen Krankenwagen bestieg. Aus einem Saab am Straßenrand, offenbar der Wagen der verrückten Nonne, rief ein knapp Achtzehnjähriger den Bullen irgend etwas zu, das sich deutlich sichtbar auf Schellkowski bezog. Ein Schutzpolizist bedeutete Harry durch sein Winken, er möge zügig weiterfahren, und Harry gab Gas. Vor der nächsten Telefonzelle hielt er und rief in der Schlüterstraße an.

»Sie haben ihn«, sagte er nur, denn das genügte schon, damit Ingo begriff.

»Wer sie?«

»Die Bullen. Gerade eben. Die Nonne war auch mit von der Partie. Na, wer weiß, vielleicht 'ne Undercoverfrau. Jedenfalls waren sie schneller als unsere belgischen Freunde. Richtig großer Bahnhof, zwei Zivikutschen und drei oder vier Funkwagen.«

»Wo bist du?«

»Irgendwo zwischen Tegel und Spandau.«

»Hat er die Lieferung vom Zoll abgeholt?«

»Nein. Er hat nach eurem Besäufnis lange geschlafen und war erst ab Mittag im *Humboldtgarten*. Dann hat er kurz vor sechs den Laden dichtgemacht und ist mit seiner Reisschüssel zu einem Mietshaus nach ... ich glaube, Tegel-Süd heißt das hier ... also hierher gefahren. Und da haben sie ihn vor drei Minuten rausgeholt. Er schien verletzt, jedenfalls ist er in einem Krankenwagen weggebracht worden. Was jetzt, Ingo?«

»Walter. Noch immer Walter. Bis zum Abflug Walter, Walter, Walter. Klar?«

»Klar.«

»Gut. Haben wir deine komische Nonne da doch unterschätzt. Aber egal, und was soll schon sein. Ab geht's, Bert. Ganz schnell Bye-bye Berlin. Denn eins ist dir ja auch klar, Schellkowski wird nicht lange dichthalten.«

»Also stecke ich jetzt unseren Liebesbrief an den Polizeipräsidenten in den Kasten?«

»Tu das, Bert. Je länger Schellkowski schmort, desto besser. Wäre nicht schön, wenn er sich bei den Belgiern über uns ausheult.«

»Was hältst du von lebenslänglich?«

Die beiden Männer lachten. Harry sah aus der Telefonzelle bereits den Postkasten. Nachdem er aufgelegt hatte, warf er einen unfrankierten Brief an jenen Mann hinein, der überall in Berlin *Pol.Präs.* hieß. Das Trio liebte solche Gepflogenheiten. Der Brief würde der Staatsanwaltschaft, falls sie nicht von selbst darauf kam, eine Handhabe geben, die Anklage gegen Schellkowski um den Mordversuch zum Nachteil von Bernd Ollrich zu erweitern. Zumindest Harry war der Überzeugung, daß man Staatsanwälten auf die Sprüngen helfen mußte; die Weltgeschichte der Staatsanwaltschaften war Beweis genug.

Harry begann, vergnügt zu pfeifen.

10

Alles war vorbei, der Sporttag am Martin-Luther-Gymnasium, der Besuch der Japaner, die kurze Existenz des *Fitneßland*, das von der Polizei geschlossen worden war. Daß Schellkowski nicht nur ein Körperstudio und einen schwunghaften Handel mit Musikalien betrieben hatte, sondern auch ein Drogenhändler großen Stils und ein Mörder war, pfiffen mittlerweile die Spatzen aus allen Sendern. Natürlich sprachen sie bis zur Verurteilung nur von einem mutmaßlichen Mörder, der im Verdacht stand, einen Schüler auf einem Schulklo getötet und es bei einem zweiten versucht zu haben, von dem man immer noch nicht wußte, ob er durchkam. Auch das Sportfest am MLG war Thema der Berichterstattung gewesen, allerdings nicht so sehr wegen der japanischen Aikidoka, als vielmehr wegen des kriminellen Hintergrunds, den Schellkowski der Schule verschafft hatte.

Für ein paar Tage war Schellkowski der berühmteste Bösewicht Berlins. Diese paar Tage waren auch schon wieder vorüber.

Mit gerümpfter Nase beförderte Ingo das Tortenstück mitsamt der Kuchengabel aus weißem Plastik in den Abfallkorb, der für Camel warb. Die Abflughalle von Schönefeld war umgebaut und renoviert worden, aber ihr Ambiente erinnerte immer noch an den Spion, der aus der Kälte kam. Das Essen allerdings hatte den Versorgungsstandard des real existierenden Sozialismus weit hinter sich gelassen; es schmeckte endlich wie in Frankfurt/Main, Mailand oder New York: konsequent nach nichts.

Während Ingo und Rita den für teures Geld erworbenen Fraß dem biologisch abbaubaren Müll zuordneten, schlenderte Harry, der die Imbißbar wohlweislich ignoriert hatte, zu den Monitoren. Für die Maschine nach Tunis waren vierzig Minuten Verspätung angekündigt. Harry nahm es gelassen hin. Er kaufte eine Flasche Jägermeister für den Kapitän der *Denfil,* der das Trio in Tunis abholen würde, und ein paar Berliner Tageszeitungen. Dann ging er zu seinen leidenden Freunden zurück, um ihnen etwas Tröstliches zu sagen.

»Meine sehr verehrten Dame und Herr, das Hotel *Africa Méridien* in Tunis, an der Avenue Habib Bourguiba gelegen, serviert hervorragende arabische Küche. Mit dem Wort ausgezeichnet treffen Sie weder den Fisch-Couscous mit Jakobsmuscheln und Seeteufel noch die anderen Gerichte.«

»Ach, wißt ihr«, sagte Rita und tat so, als sei sie zu jeder Form der Askese bereit, die Seezunge im *British* oder der Schwertfisch Phoenicia sind auch nicht zu verachten.«

Ingo griff nach den Zeitungen; er war nun mal der Intellektuelle des Teams, der zwar auch lieber aß, als zu lesen, aber der auch das Lesen nicht verachtete.

»Aha, das Europawetter«, sagte er. »Tunis dreiundzwanzig Grad, Sizilien zweiundzwanzig. Was das für Malta bedeutet, wißt ihr ja.«

»Hat mein berühmter Bruder wenigstens angemessene Schlagzeilen?« wollte Rita wissen.

Ingo schaute sie erschrocken an. »Was meinst du?«

Rita riß ihm mit einem schelmischen Gesichtsausdruck die Zeitung aus der Hand und blätterte eine Weile, bis sie das Gesuchte fand. Ingo wirkte gespannt.

»Bei der Explosion einer Autobombe auf dem Parkplatz einer Sportschule in Charlottenburg ist gestern nacht der zweiundvierzigjährige Jaques Belmer ums Leben gekommen«, zitierte Rita. »Belmer war französischer Staatsbürger und erst seit einer Woche Mitglied der Sportschule. Der Besitzer der Schule, der neunundzwanzigjährige Gerd Sch., befindet sich gegenwärtig wegen des Verdachts auf Verstoß gegen das Betäubungsmittelgesetz und wegen Mordverdachts in Untersuchungshaft. Die Kriminalpolizei vermutet einen Zusammenhang zwischen den kriminellen Geschäften des Sch. und dem Anschlag.«

»Ach, nee«, sagte Ingo und schaute Harry streng an. »Das klingt aber geschwollen.«

»dpa«, erklärte Rita.

»Das wird die Belgier aber mächtig reizen«, meinte Harry und hob seinen Blick mit gespielter Unschuld zum Himmel.

»Macht überhaupt nichts«, sagte Ingo. »Willem und ich sind eh übereingekommen, die nächste Sache in einer Weltgegend zu starten, die garantiert frei von Belgiern ist.«

»Wie schade«, sagte Harry. »Sie haben doch stets für Kurzweil gesorgt.«

»Wißt ihr, Kinder«, sagte Ingo, »wir haben in Berlin gut genug verdient. Ein bißchen nicht lebensgefährliche Kurzweil können wir uns monentan wirklich leisten.«

»Ach weißt du«, begann Rita einen Satz.

»Wir sind so bescheiden«, fügte Harry hinzu, »wenn's für 'ne Seezunge im *British* reicht ...«

Über den Lautsprecher wurde der Flug nach Tunis angekündigt.

»Wir müssen«, sagte Ingo.

»Was?« fragte Rita, die die Antwort kannte.

»Essen«, sagte Ingo.

Nachspiel

In Kamakura hatte es am Morgen heftig geregnet. Die Straßen waren noch immer feucht, aber da der Himmel nahezu wolkenlos war, wagten es die beschürzten Oku-sans, die Herrinnen des Inneren, die Baumwollfutons zum Lüften nach draußen zu bringen. Sie staubten mit Federwedeln die reispapierbespannten Schiebetüren ab und fegten die Veranden, die die traditionellen Häuser im Kyoto-Stil umliefen.

Geputzt wurde auch in der Aikidohalle vom Christian College. Die Fenster standen weit offen, weil Pastor Tadayama die Angewohnheit hatte, bei jedem Wetter gute Luft hereinzulassen, wie er es nannte.

»Ich hol mal frisches Wasser.« Fred nahm die Eimer mit den benutzten Wischtüchern und schüttete sie in der Spüle aus. Seit einigen Tagen weilten er und Hanna nun schon in Japan, zum sanften Entzug, wie es Schwester Vera mit einem Augenzwinkern bezeichnet hatte. Dabei war Fred nach wie vor der Überzeugung, daß er nach den kleinen Pillen nicht süchtig gewesen war; trotzdem hatte er natürlich zugestimmt, die Aikidoka von Tadayama-sensei nach Japan zu begleiten und in einer Umgebung zur Ruhe zu kommen, wo Drogen keine nennenswerte Rolle spielten. Und da er ebenso wie Hanna bereits volljährig war, brauchten sie keine Eltern um das Einverständnis anzugehen. Fred war stolz auf seine Entscheidung. Er drehte den Kaltwasserhahn auf und wusch jedes Tuch sorgfältig aus, bevor er die Eimer in die Übungshalle zurücktrug. Mehrere Hände griffen gleichzeitig in das eisige Wasser und wrangen die Tücher kräftig aus. Auf den

Knien herumrutschend, rieben die Aikidoka die dunkelgrünen Plastiktatamis mit kreisenden Bewegungen ab.

»Machst du noch eine Stunde, Hanna?«

»Glaub schon. Saito-kun hat gemeint, Sensei wäre die ganze nächste Woche in Kobe und es gäbe in der Zeit kein Training.«

Fred griff nach einem Lappen. »Dann bleib ich auch noch.« Er sah sich um und begann, das Schuhregal einer gründlichen Säuberung zu unterziehen, während Hanna und der dicke Saito die verglaste Eingangstür putzten.

Noch ein paar Tage, dachte Fred, und ich bin mindestens so gut wie einer der Japaner.